奴隷市場
Renaissance
—ルネッサンス—
rúf 原作
菅沼恭司 著
由良 画
PARADIGM NOVELS 148

登場人物

キャシアス・ジレ・パルヴィス　ヴェネツィア貴族の次男で元陸軍参謀。穏やかで真面目だが、世間知らずなところもある。

ジャラルディ　神皇帝親衛隊龍騎兵の百龍長。普段は白い甲冑と仮面で顔を隠している。寡黙で無愛想だが、優しい青年。

ファルネリウス・カラブリア　キャシアスの旧友で、愛称はファルコ。やり手の商人で本国と帝国の通商路の一環を担う。

カテリーナ・カラブリア
ファルコの姉で、帝都の広場で貧民の子供たちに、勉強を教えている。天使のような女性。

ビアンカ　もとはルーマニア地方の領主の姫君。内乱で城を焼かれそのショックから少々精神が幼児化している。

セシリア　ヴェローナ地方の貴族出身だが家が没落、奴隷として売られる。気丈な性格。フローラという娘がいる。

ミア　下級階層の隷属民の娘。冷静沈着な性格と少年のように凛とした容貌がエキゾチックな魅力となっている。

カテリーナ

ミア

目次

帝国の騎士 7
——1618年
帝都コンスタンティノヴァール　ガラタ地区

春の夜の夢 161
——1624年
ヴェネツィア共和国　ヴェロナ郊外

SOME OF THESE DAYS 237
——1626年
ヴェネツィア共和国　ある小さな教会にて

1626年——アイマール帝国とロンバルディア同盟の間に講和条約が締結された。
この年、バルカン半島と東欧世界を焦土と化した東方七年戦争は、ようやく、終わった。

私《わたし》は——ヴェネツィア共和国の貴族にして陸軍参謀、キャシアス・ジレ・パルヴィスは、東方七年戦争の始まった年、1618年に、共和国元老院の密命を受けてアイマール帝国の都、帝都コンスタンティノヴァールに赴任し———そして、帝国の捕虜となっていた。
どのような偶然からか、首を刎《は》ねられることも不具にされることもなく、四年後に私は解放され、そして、そのまま参謀士官として東方七年戦争に従軍した。
その地獄の七年間を——帝国の虜囚として過ごした四年間と、戦場での数年間を、私は生き延びて、そして祖国に帰ることができた。
私があの過酷な数年間を生き延びることが出来たのは、神の御加護があったからなのだろうか？　それは私には解《わか》らない。
だが——ひとつだけ、はっきりと解ることがある。
私は————————あの時、あの街で、あの場所で————————彼女たちと、出会った。
そう——あの時のことは、今でもはっきりと思い出すことが出来る……。
あれは1618年のこと——帝都の奴隷市場で、私は三人の奴隷少女と、出会った。
私は————彼女たちと出会い、そして…………….。

帝国の騎士

——1618年　帝都コンスタンティノヴァール　ガラタ地区

１６１８年――。

私《わたし》は、キャシアス・ジレ・パルヴィスは、帝都で共和国の密命を受けて任務に就き、そして捕虜となった。

普通だったら、即座に間諜《かんちょう》として首を刎《は》ねられているところだったが――私はきわどい所で、共和国の軍人として帝国軍の捕虜となり、殺されずに済んだのだ。

もちろんそれは、偶然のなせる技ではなく――帝都の大商人で私の旧友、ファルコが、おそらくは想像だに出来ないほどの金を、贈賄《ぞうわい》として帝国の大臣や将軍たちにばらまいてくれたせいがあったはずだ。それと――これは、今となっては知るすべもないが、私と同じく帝国の捕虜となった共和国の全権大使、バルバリゴ卿《きょう》が、部下であった私の助命をしてくれたのだ、と思う。

そして、それ以上に――――。

彼の、あの男の存在がなければ――私の命は、薄汚い間諜として失われていたはずだ。

その男は――私にとっては敵にあたる男は、そして私が奇妙な友情めいた感情を未《いま》だに抱いているその男は――帝国の軍人、神皇帝親衛隊の精鋭、龍騎兵《りゅうきへい》の士官だった。

彼が――私と、そして私の愛するビアンカの間に奇妙な因縁を持つ彼のおかげで――彼が私を、正式な捕虜として逮捕してくれたおかげで、私は処刑されずにすんだのだ。

彼の名は——龍騎兵、ジャラルディ百龍長——。

彼が今、どうしているのかは解《わか》らない——。

彼は、まだ龍騎兵として戦い、戦場を朱に染めているのだろうか……？

東方七年戦争は終わったが、未だ、悪疫のような内乱と辺境の叛乱《はんらん》に明け暮れている帝国の戦場——彼は、そこでまだ生きているのだろうか……？

今の私には、彼の生死すら知る術《すべ》がない…………。

私がこうして生きているのは——あの少女たちと再会し、そして甘美な幸せの日々を送ることが出来るのは——間違いなく、ジャラルディ、彼のおかげなのに…………。


……神よ——。

我らが主ではなく、帝国の真教徒たちが崇《あが》めるという神よ——。

唯一神と、十二の守護天使たちよ——。

我が友を、白い翼を持つ死の天使、ジャラルディを護《まも》りたまえ…………。

もし——すでに彼の身が死の牙《きば》に捉《とら》えられているのなら——。

彼の魂を、天の国へと導き、安らぎで包みたまえ…………。

＊

――自分は夢を見ているのか…………。


彼は最初に、白濁した意識の中で、そう考えた。

彼は――ジャラルディは、何かから逃避するように、その甘い靄《もや》のような夢の中へと自分の意識を沈めてゆく。

(――いつの間に、自分は眠ってしまったのだろう……)

昏睡《こんすい》、そして夢の中で、ジャラルディは考えた。

だが、彼の思考は、次第に形を成してくる夢の光景の中に、静かに、塗りつぶされる。


――甘く、暖かな記憶が形作る夢――これは…………。

(ああ……、あの貴婦人の、夢、か――……)
ジャラルディは――帝国軍神皇帝親衛隊、龍騎兵百龍長ジャラルディは、自分の意識が呼び起こした記憶、甘い夢の中で、小さく苦笑いした。

そこは——。

目を刺すほどに青い空と、暖かな陽光の下、内陸からの新鮮なそよ風が吹く場所——。

帝都の片隅、あの大バザールの喧噪《けんそう》と雑踏から取り残されたような広場——。

市街と宮殿に水を運ぶ、古代ローマの水道橋のほとりにある、小さな市《いち》の近く——。


（そうだ……、あの姫君は……、いつも、広場の……、楡《にれ》の大樹の下に……）

ジャラルディィは、夢の中に広がる光景の中を——歩いた。

いつも、彼ら親衛隊が市街地を警邏《けいら》で巡回する時、通っていた道筋を——夢の中、記憶を手繰りながら、進む。

そうして、いつも先に部下たちを兵舎に帰し、自分一人だけで歩いていた道程を、進む。

そこに——彼女は、ジャラルディィの探していた貴婦人は、居た。

（ああ……、今日も、あの方は来ていたのか……）

ジャラルディィは、また夢の中で笑みを——だが今度はやさしげな笑みを浮かべた。

そこには彼の好きな、そして彼にとって大切な光景が、あった。

そこには——。

ジャラルディの探していた貴婦人の姿があった。

大きな楡の樹が、広場の芝草の上に広げている柔らかな木陰の下——。

そこだけ花が咲いているかのように見えるのは——貴婦人の薄桃色のドレスと、彼女の清楚《せいそ》なほほ笑みと、そしてその西欧の姫が、何かの香りのように放っている美の光彩のせいなのだろう。

美しい——貴婦人だった。

美しく、そして少女のように清楚で、可愛《かわい》らしく笑う——聖女のような女性だった。

(こんな女性が……、——居るのだな……)

ジャラルディは、最初にこの帝都で彼女を見たときに感じた事を——何度も何度も——そしてこの時も、かすかな驚きと、正体のない憧《あこが》れのような想《おも》いと共に感じていた。


その貴婦人は——。

ヴェネツィア共和国の大貴族、カラブリア家の姫君で、カテリーナという貴婦人だった。

ジャラルディは、楡の樹の下、小さな椅子《いす》に座っているカテリーナを、その貴婦人に悟られぬよう、少し離れた場所から見つめていた。

Catharina

（今日も、あの方は子供たちを…………）

ジャラルディは、貴婦人の姿を見つめ、そして——彼女をぐるりと取り囲んでいる、小さな姿にも目をやった。

それは、街の煙突や軒先に巣をかける、薄汚れた雀《すずめ》や名もない小鳥たちにそっくりの、貧民の子供たちだった。

どの子供も、女の子か男の子かも解らないほど薄汚れ、そしてボロのような服を着て、だが——どの子供も——やはり雀のように、楽しげに騒ぎ、じゃれ合い、そして皆が、天の高みを見つめるようなきらめく目で、貴婦人の姿を見つめていた。

「——はい、みんな、静かに。ね？」

杖《つえ》を傍らに置いた貴婦人、カテリーナが（この姫君は不憫《ふびん》な事に、あの美しい肢体《したい》が不自由なようだった）小さく手を打ち、騒がしい子供たちの視線を集めさせる。

「じゃあ、今日は……、少し大きな数の計算を、勉強、しましょうね——」

子供たちの母親のように、カテリーナはやさしい声と瞳《ひとみ》を、子供たち全員に向ける。貴婦人の小さな唇から流れる、少しぎこちない帝国語に、子供たちがやはり喧嘩《けんか》する雀のように、騒ぐのが見える。カテリーナは少し困ったようにほほ笑むと、子供たちの輪に、

「ぜんぜん、難しいことじゃないのよ。それに、きっと大きくなったら役にたつのよ。みんなだったら、きっと覚えられるわ——じゃあ、こっち、見て……」

カテリーナは、小さな黒板に、石灰のかけらでいくつかの数字を書きながら、言う。

「それとね——今日は、あなたたち真教徒の天使さまをお祝いする聖日だから、ね。お勉強が終わったら……、みんなで、甘いパンを食べましょうか——食べきれないくらい、大きいのを焼いてきたのよ」

その言葉に、子供たちがわっと沸き——嬉《うれ》しさと興奮で、つかみ合いの喧嘩までする子供までいた。その子らを、再び手を鳴らして静かにさせると、カテリーナは黒板に数字を書き連ねながら、歌うように、ほほ笑む唇から言葉を紡ぎ出す——。

「——この数字はね、あなたたち帝国の人たちが造ったのよ…………」

カテリーナが、子供たちに数字と、その計算を教える——。

子供たちは、指と、そして地面に書いた数字で、ぎこちなくそれを学んでゆく——。

どの子供も、この世界を包んでいる青い空のように、瞳を輝かせながら——。

ジャラルディィは、この光景を見るのが好きだった。

あの美しい貴婦人を目にする時の、どこか後ろめたさすら感じる切ない想いも、彼がここに足を運ぶ理由の一つだったが——それよりも彼はこの、楽しそうな子供たちに囲まれている貴婦人の、ささやかだが愛すべきこの学校の光景が、好きだった。

その理由は自分でもよく解らなかったが――――。

帝都に住む、最下層の人間が――その日、食べるものもないような貧民の子供や、さらにその下の、住む家も親もない、盗みとごみを漁《あさ》る事で生きている野良犬のような子供たちが、野良犬のように扱われている小鬼のような子供たちが――。

この場所では、違う――。

子供たちは、瞳を輝かせてあの貴婦人を囲み、そして彼らにとっては不要とも思える智《ち》恵《え》を学んで、そして――また、帝都の汚穢《おあい》の中に戻るのだ。

最初、子供たちは時おりカテリーナが与える菓子や食べ物、寒い時には古布や薪《まき》などの施しを目当てにして集まっている、とジャラルディは思っていた。だが数度、この光景を見た後では――そんな事を考えた自分が、ジャラルディには恥ずかしかった。

あの貴婦人は、カテリーナは――もっと大事なものを子供たちに与えていたのだ。

(もしかしたら……、いや――自分は、恵まれていたのだな……)

彼には、奴隷としての境遇と引き替えに与えられた加護と教育と、そして同じ境遇の仲間が――そして成人してからは軍隊という名前の同胞が、戦争という使命があった。

(あの子供らは……、ここで生きる理由と、未来を掴《つか》んでゆくのだな…………)

ジャラルディは、子供たちの汚れた小さな手と、顔が、この場所で何かに満たされてゆくのが見えるようで――それが、なぜかひどく嬉しかった。

その嬉しさは、すでに記憶の底に沈んで思い起こすこともできない、遠い、故郷の村での幼い日々にどこかで繋《つな》がっていたのだが――彼は、それに気づいていなかった。

(そろそろ……、行かなくては――………)

あまり、ここで立ち止まっていては人目に付く。

自分の巨躯《きょく》と死者のような仮面、武装した姿が他人を恐れさせる事を知っているジャラルディは、ゆっくりと足を動かし、その場を離れようとした。

もし、彼女とそのささやかな学校に狼藉《ろうぜき》を働くような者がいたら、自分が追い払おうとジャラルディは思っていたが――今まで、そのような事は一度もなかったし、今日も心配は無さそうだった。

彼女には、この帝都で商売をしているヴェネツィア貴族、カラブリア家の弟がいる。

帝国宮廷にも出入りするほどの大商人であるその若いヴェネツィア貴族は、帝都を二分する暴力団「隼組《はやぶさぐみ》」の頭領、という別の顔も持っていた。

そのせいで最初、ジャラルディは、カテリーナが護衛も連れずに市街を歩いている事が信じられず、またひどく心配だったのだが――しかし、「隼組」と敵対している暴力団、「裁きの矢」は、何か取引でもしているのか、決してカテリーナには手出ししないでいた。

それどころか「裁きの矢」の頭領は、カテリーナの学校に援助を申し出ているという噂《うわさ》もあるほどだった。その悪党たちの真意は、知る由もないが——。

（もしかしたら……、あのお方は本物の天使か、女神なのかもしれないな………）

そんな、たわいのない事をつい考えてしまう。それほどに——あの貴婦人は、不思議な女性だった。この巨大な都市の汚穢と暴力の中でも、汚れることなく——いや、それどころか、彼女の周囲を浄化してしまうかのような——そんな、女性だった。

ジャラルディは軍靴を鳴らして踵《きびす》を返し、最後まで、あの光景に向けていた目を市街の雑踏に向け、歩き出す——。

いや——歩き出そうとして、足を止めた。

（………？　——なんだ……？）

ジャラルディの前に——何かの影が、あった。

いや——影と言うより、そこだけ陽《ひ》の光が差していないかのような、闇《やみ》が滲《にじ》み出《だ》したかのような黒いものが——ジャラルディの前に、立っていた。

影と言うよりは、闇——そんな姿に、ジャラルディはぎょっとし、そして、かすかな恐怖すら覚えた。

「……なん、だ……？　君は……!?」

押さえた誰何《すいか》の声が、わずかに震えているのが自分でも解った。

だが──その闇のような黒い影からは──ジャラルディの不安と恐怖を揶揄《からか》っているかのような、愉快そうな声が響いてきた。

「──あははは。そんなに怖がらないでくださいよ。いい男が台無しだ」

「……!? ……なんだって………?」

それと同時に、それまで彼の瞳孔《どうこう》に張り付いていた黒い影は一瞬で別の姿に──。

「こんにちは、百龍長さん──」

ジャラルディの前には、杖をつき、薄汚れたぼろをまとった盲目の乞食が立っていた。まだ若い男なのだろうか。少年のような小柄な体に、ロウでできたかのような血の気の無い白い顔をした──そして両眼を薄汚れた包帯で巻き隠した、どこか気味の悪い男だった。

「君は……、……確か──」

この盲《めし》いた男に、ジャラルディは見覚えがあった。

この乞食は──ジャラルディがカテリーナの学校を見

に来る時に、時々、同じようにしてあの光景を見つめていた——いや、ただその場に居た——男だった。

その男は、線を引いただけのような薄い唇だけで笑い、そして言った。

「すいませんねえ。いきなり声をかけたりして。

しかも、夢の中で——」

「……!? な、何だって……!?」

ジャラルディは、その言葉にぎょっとし、そして一瞬で——。

(——そうか……、自分は、夢を見ていたんだった……。そうだった…………)

そう悟ったジャラルディは、自分が夢から覚める——そう、思った。

だが——。

(…………? く……!?)

ジャラルディの夢は——覚めなかった。

遠く、広がる帝都の街並みも、市場も、そびえ立つ水道橋も、広場も——。

清浄な陽光と風も、視野の片隅に見える楡の樹と、貴婦人たちの姿も——。

そして、目の前の男の姿も、自分の困惑も——。

――――そのまま、そこにあった。

(――な、なんだ、この夢は……!?)

夢の中で――ジャラルディは、自分の体が熱病患者のように硬直し、そして冷えきっているのに気づいた。

彼は――自分が、この貧相な男に、理由の無い恐怖を感じているのに気づいた。

そんなジャラルディをよそに、盲目の男は、天気の話でもするかのように言葉を続ける。

「あははは。失礼。もう少し、このままでいてもらいますよ。

私の用件が済んだら、目覚めさせてあげますから」

盲目の男は、渇いた笑い声を立ててそう言い、ジャラルディをさらに困惑させた。

「――用件、だと……?」

「ええ。実は――あなたにお願いしたいことがありまして」

「頼み事……? ――…………!?」

芸を覚えたての鸚鵡《おうむ》のように、男の言葉を繰り返したジャラルディは――男の盲いているはずの目が、まっすぐ見つめているものに気づき――身を固くした。

「――あの方が……、何だと、言うんだ……!?」

男の、包帯で覆われているはずの目は――子供たちの輪に囲まれたカテリーナを、じっと見つめていた——理由は解らなかったが、ジャラルディははっきりとそう悟った。

「あはは。そんなに怖い顔、しないでくださいよう。

私がお願いしたいのはね————」

いつの間にか——男の顔は、カテリーナからジャラルディの双眸《そうぼう》へと向けられていた。

「あなたに——あの貴婦人を助けて欲しくって。

早くしないと……、あんな綺麗《きれい》なひとが、犬みたいに嬲《なぶ》り殺されちゃうんですよ」

「……な、何だって…………⁉」

ジャラルディは、無意識のうちに腰の大鉈《おおなた》に手をやり、そして——驚愕《きょうがく》に見開いた目を、あの楡の大樹の下に向けた。

そこには————。

(……………⁉　ば、馬鹿《ばか》な…………？)

いったい何時《いつ》の間に——半ば恐怖に近い困惑と共に、ジャラルディは——どす黒い闇夜の中、ただ一人、あの広場の片隅に立ちつくしていた。市場の喧噪も、明るい日差しと風も消え失せた漆黒《しっこく》の世界、その闇の、禍々《まがまが》しい中心のように見えるあの楡の木の黒い影。

その木の下には——誰《だれ》も、何も————居なかった。

あの美しい貴婦人の姿も、幸せな雀のような子供たちの姿も消え失せていた。

「あ、あの方は……、どこだ⁉　どこに行った……‼」

ジャラルディは、漆黒の闇の中に——だが、その暗闇の中、確かに存在していると解る、あの盲目の男に向けて、鉄さえ裂きそうな鋭い声を放った。

「あの方が……、殺される、だと⁉ どういうことだ！ ……答えろ‼」

ジャラルディの叫ぶような声に——。

吹き抜ける風を思わせる無機質な笑い声と、不吉な歌のような男の声が返ってきた。

「今、あの人を助けられるのはあなただけでしょうね——。

いちおう、私はお願いしましたよ。あとは……、あなたが決めて下さい」

「な、何だと………？ ——待て、いったい………⁉」

「……私は、不思議とこの世界のね、この流れが——何だか気に入っていましてね。

せっかくのいい流れに、つまらない瑕疵《きず》がつくのは憂鬱《ゆううつ》でしょ？

私はね、何でかな……？ ——もう少し、この流れを見ていたい気分なんですよ」

「……⁉ お、お前は……、いったい、何を言っている……⁉」

闇の中——男の存在が遠く離れてゆくのを、いや——拡散するように消えてゆくのを、
ジャラルディは感じ取っていた。

同時に、自分の意識が闇に塗りつぶされてゆくのも…………。

「……じゃあ、頼みましたよ。百龍長さん——。

もっとも……、

あなただったら、私なんかがお願いしなくたって動いてくれたでしょうけど…………」

「ま、待て…………!! あの方が、カテリーナ姫はいったい……――――」

ジャラルディは闇の中、鉤爪《かぎづめ》のような両の手を走らせ、叫んだ――。

だが、その叫びは、落下の感覚に断ち切られた。

(うっ、うわっ…………!!)

夢から覚める時の、落下の、感覚――――。

「――…………っ、くっ…………、ぐ…………………!」


夢から、落下し――――。


最初に――痛みを、感じた。

その痛みは、汚泥の中に潜んでいた鋭い刺《とげ》のように、濁っていた意識の中で彼を刺した。

そしてゆっくりと、痛みは彼を覚醒《かくせい》させる――――。

「――うっ、ぐ…………!!」

――目が覚めた途端に、再び襲ってきた苦痛の波が、彼の意識を再び失わせかけた。

だが彼は、その苦痛に屈することなく――濁っていた意識の中、うっすらと目を開く。

（……ここは…………、――どこ、だ…………？）

何度も、その問いを意識の中で繰り返す。その度に答えは出ず――かすかに開いた目にも、何も映らなかった。ただ、執拗《しつよう》な鈍痛だけが現実として、彼を虐《しいた》げ続けていた。

彼は、苦痛しかない虚無の中で、その苦痛に意識を向ける――。

体中が、痛みと不快感を訴えている――特に、肩と腕、そして手首の痛みは酷《ひど》い。両の手首は、焼かれ、引きちぎられそうな激痛に悲鳴を上げている……。

その痛みに、その原因に意識を向けたとたん――――。

（……ここは…………、――そう、か…………）

全《すべ》てが、解った。

彼は――ジャラルディは、ゆっくりと息を吐き出し、激痛が漏らしかけた悲鳴を喉《のど》の奥に押し込めた。

……自分は気を失っていたのだろうか？　牢番《ろうばん》に悟られないよう、うっすらと開いた目で、ジャラルディは薄汚れた灯の漏れてくるほうを見た。

この地下牢では――『嘆きの塔』と呼ばれる、帝都で最も堅牢な監獄の内部には、陽の光が差すことは無い。ジャラルディが責め苦を受けているこの地下牢もそうだった。

この灯は――地下牢と通路を隔てる、半ば腐った分厚い木材と青銅で出来た扉の向こうから漏れてくるものだった。ジャラルディは、そのか弱いランプの明かりを見つめながら、ゆっくりと、今の自分の有様を、思い起こしていた。

（……そろそろ――腕が壊疽《えそ》で腐る、な…………）

その恐ろしい現実も、なぜか、ひどく冷静に見つめている自分に、ジャラルディは気づいた。監禁と拷問で、魂が盲いてしまったせいだろうか、彼は絶望することもなく、ただ、冷たく動かない感情で、自分の破滅を見つめ続けていた。

（……俺《おれ》は――ここで死ぬのか…………）


ジャラルディは、帝国が囚人に与える責め苦の全てを受けていた。

軍装を剥奪《はくだつ》され、衣服を破り捨てられた彼は、その彫像のような巨体を、両の手を引き裂くようにして別々の鎖で縛《いまし》められ、半ば宙吊《ちゅうづ》りにされて――拷問を、受けていた。

彼は執拗に鞭打《むちう》たれ、そこに腐った海水をかけられていたが――その、並の人間だったらそれだけで死ぬか、発狂しそうな拷問にも、彼は耐え抜いていた。だが――彼を無理矢理立たせ、吊り下げている両腕の鉄枷《てつかせ》が与える苦しみは、それ以上に過酷だった。常に両腕を不自然に吊られているせいで、彼の腕と肩は疲弊《ひへい》しきって麻痺《まひ》し、そのせいで呼吸すら満足に出来なくなっていたのだ。

脚で立っていればいいのだが――立っていると、意識があると獄司に知られ、即座に拷問者がやってきて――ジャラルディが、立てなくなるまで、意識を失うまで縄鞭と棍棒《こんぼう》で

打《う》ち据《す》え、焼いた刃で胸や腕の肉を刻み、それが意識を失うまで続けられるのだ。

（……気を失ったのは——何度目、かな…………）

そんなことを、他人事《ひとごと》のようにジャラルディは考えた。今は、意識を失ったふりをして鎖と鉄枷に身を任せているが——そのうち自分は、手首の痛みと息の苦しさに耐えきれなくなり、脚で立ってしまい——そしてまた、鞭打たれて、気を失うのだろう……。

何度——その死を願うほどの、業苦の繰り返しを受けたのだろう——。

ジャラルディは、激痛の中で再び濁ってゆく意識を繋ぎ止め——考えた。
自分が捕らえられて、どれくらいが経《た》つのか……。これは、苦痛と、気絶するような昏睡の繰り返しの中でもはっきりと解る。その答えは、彼が見つめている、薄汚れたランプの灯が教えてくれていた。あのランプは、彼が兵舎で使っていた物と同じだ——彼が見る限り、それが交換されたのは四回——あのランプは、気温にもよるがほぼ正確に半日、灯《あか》りを灯《とも》す。その回数は、この陽も差さぬ人造の地獄に彼が繋がれてから、三日ほど経っていることを教えてくれていた。
三日前——ジャラルディは、再び意識を失う前に——思い出し、そして考えた。
あの時は————。

ジャラルディと、彼の指揮する親衛隊の龍騎兵は、帝都の治安維持任務に就いていた。

帝国が、西欧の異教徒であるロンバルディア同盟に宣戦を布告したその日——帝都では好戦派の大臣と宮廷人、そして軍人たちが叛乱を企てていた。

その叛乱は、穏健派の宰相《ラル》イーブンジクを逮捕し、畏《おそ》れ多くも神皇帝の御身を拘束する寸前まで行ったのだが——しかし、叛乱者のほとんどは、事前に宰相との密約のもとに動いていたのだ。彼らは叛乱に荷担しながらも、帝国にとって最も危険だった野心家の大臣や宦官長《かんがんちょう》たちを裏切って拘束することで、宰相に命乞《いのちご》いと、そして政治生命の存続を取り付けていたのだ。その汚らしい造反者たちを決意させるのに、宰相は、叛乱直後に何人もの大臣や高官を、暗殺者の手で無惨に殺させ、その首を晒《さら》すことまでしていた。

もちろん、宰相の行っていた布石はそれだけではなかった。叛乱と同じくして起こった、帝都に駐留していた親衛歩兵連隊の蜂起《ほうき》は、宰相派に付いたジャラルディたち龍騎兵によって鎮圧——数多くの親衛隊員が、味方であるジャラルディら龍騎兵の手で討たれていた。

その、開戦の日に——ジャラルディは、帝都で、一人の西欧人を捕虜にしていた。

その男は、キャシアス——パルヴィスという姓の、ヴェネツィア軍人だった。

表向きは、帝都から脱走しようとしていた彼を捕捉《ほそく》、捕縛したことになっていたが――。

(……あのことが――どこかから、漏れてしまったんだろうな…………)

ジャラルディは、自分が捕らえられた理由を見つけ、そして――かすかに、ほほ笑んだ。

もし、自分が捕らえられた理由がそれなら、自分は絶対に口を割る訳にはいかない。

ジャラルディは、この責め苦を受けてから何度も心に誓ったその言葉を、再び胸の中で繰り返した――。

彼が、キャシアスという男を捕らえた時――男は、ヴェネツィアのキャシアスは、この帝都から奴隷の女たちを逃がそうと、その身代わりになって、帝都に残っていた。

もちろん、ジャラルディもそれには気づいていた。だが――彼は、そのことは報告せず、部下たちにも口を閉ざしておくよう、固く命じておいた。

それは――彼が、帝国の神聖な律法に背く行為である、奴隷の国外逃亡を見逃したのは――その理由は、ジャラルディ自身にも、よく、解らないままだった。

それは、キャシアスという男が逃がそうとした奴隷少女たちの中に、昔、ジャラルディが数奇な運命の中で出会い、そして別れたあの銀の髪の少女が居たせいかもしれない。それとも、自分があのキャシアスという男に抱くようになっていた、好奇心めいた感情――もしかしたら「友情」とでも呼ぶべき、敵国人に抱くには不相応な感情のせいかもしれなかった。

(……彼は――あのヴェネツィア人は、無事だろうか…………)

そう、考えたとき――また、汚れてはいるが端正なジャラルディの顔に、小さな笑みが浮かんだ。もしかしたら自分が捕らえたあの男も今、彼と同じこの場所に、『嘆きの塔』の監獄のどこかに居るのかもしれなかった。

ジャラルディは、渇きで干からびた唇を開き、腐った地下牢の空気を吸い――。

「……唯一神よ――、……十二天使と、十字架の預言者よ……。

あの気高き、西欧の男を、彼の妻たちに……、御加護を……」

再び意識を失う前に――ジャラルディは、心の奥底に残っていた願いを、わずかな希望を、祈りの言葉にして低くつぶやいた。その声を聞きつけて、獄司がやって来るかもしれないが――すでにジャラルディの心からは、殴打と苦痛への恐怖も消え失せていた。

ただ、唯一の救いは――。

ジャラルディが、自ら武装と名誉を捨て、獄に繋がれたのと引き替えに、龍騎兵の部下たちは罪を免れたことだった。おそらく自分の部下たちは、あの優秀な男たちは、また別の龍騎兵部隊に配属されるだろう――ジャラルディは、そう信じ――あとは、我が身が苦痛に屈して朽ち果てるのを、ただ、静かに待っていた。

……自分が、このまま沈黙を守って死ねば――部下たちも、そして捕虜となっているあのキャシアスという名の男も、無事なのだろうから……。

呼吸すらままならない苦痛の中で、ジャラルディは汚れてしまった端正な美顔に、小さな笑みを浮かべて——殴られることを覚悟し、痺《しび》れた脚で立ち、わずかに腕を楽にする。

そうして、焼けた煙のように感じる空気を胸に吸い込んだ時だった。

（……そう、だった——。……ははっ、忘れていたな…………）

ジャラルディの頬《ほお》に、もう一度——今度はやさしげな、そして少し困ったようなほほ笑みが浮かんだ。

（……さっきは……、あの夢は、いったい何だったんだろうな…………。

あの貴婦人が……………、——殺され、る……、とは…………？）

がらがらっ、とジャラルディを縛めていた鎖が鳴った。

カテリーナ姫が——あの天使のような人が無残に殺される——その光景と、許し難い悪行を考えただけで、泥のようになっていたジャラルディの筋肉は力を取り戻していた。

だが————。

たとえ、本当にあの貴婦人が何かの悪意に晒されても——もう、自分には何も出来ない。

その事を苦痛の中で感じたジャラルディは再び目を閉じ、そして、

（……今度、気を失って………、また、目覚めることがあったら————。

……そのときは、あの貴婦人のために祈ろう…………。自分には…………）

もう、祈ることしか出来ない――ジャラルディは、しばらく意識を繋いでおくことも難しいほどに憔悴《しょうすい》した自分の体と、精神を、再び昏睡の闇に引き渡そうとした。

その時だった――――。

閉じた目蓋《まぶた》を貫く、閃光《せんこう》のような光輪が地下牢の一角に広がった。

獄司が、また自分を拷問するためにやってきた――ジャラルディは最初、そう思ったが、しかしその灯りは、獄司が使う薄暗い獣脂のランプのそれではなく――ばちばちと爆《は》ぜる音を伴う、荒々しい松明《たいまつ》の炎が放つものだった。

「――……？　な、なんなんだ………」

同時に、鋲を打った軍靴、そして拍車が石畳を踏み、削る荒々しい音が――その足音がいくつも、狭い通路から響き渡ってきた。

何人もの、騎乗者たちの軍靴の音――まさか……!?　ジャラルディは、最悪の予感に目を見開いた。目を刺すように感じる松明の光の輪が、彼の地下牢へと進んできていた。

（――まさか……、あの馬鹿者ども、自分を………!?）

あの靴音は間違いなく、龍騎兵の――部下たちのそれだとジャラルディには解った。彼らが命令を破って、自分を助けに来たのではないかとジャラルディは考え――麻痺していた感情の中に、怒りと、絶望を膨れあがらせた。もし本当に、部下たちが彼を奪還しに来たとしたなら――今度こそ、彼の部隊は全員が死罪を免れないだろう。

だが――様子が、おかしかった。

剣戟《けんげき》の音や銃声は無く、ただ――龍騎兵たちの靴音と、それにかき消されそうな獄司たちの声だけが、松明の灯りと共に近づいてきていた。

「――…………!?」

不意に――通路から牢の中に松明がつき出され――その強烈な光芒《こうぼう》は、光を忘れかけていたジャラルディの瞳に痛みさえ与えて、彼の顔をしかめさせた。そこに、

「っ……!?　――ひ、百龍長殿っ!!」

これも、耳が痛くなるほどの、地下牢を震わせるほどに大きな男の声が――聞き覚えのある、若い男の声がジャラルディの耳朶《じだ》を打った。

ジャラルディの細めた目に――牢の扉が、耳障りな金属音と軋《きし》みを放ちながら開かれるのが見え――その向こうに、いくつもの影が動いているのが見えた。

それは、ひどく目に沁《し》みる真っ白な軍服を着た一団の男たち――ジャラルディの部下、龍騎兵たちの姿だった。ばらばらと地下牢に駆け込んできた龍騎兵たちは、松明で狭い空間を照らし――そして、そこにジャラルディの姿を見つけた。

「あ、あ……？」

仮面を付けた彼らだったが、全員が息を切らしているのがはっきり解る。そして――ジ

ャラルディの姿を見た兵士たちは、ぎょっとして、松明や長銃を取り落としそうになっていた。

「――……おまえたち…………、……なぜ命令を…………」

ジャラルディが、かすれた声で部下たちを叱咤《しった》しようとした。その声に、龍騎兵たちはハッと我に返り――そして、全員がばしっと、軍靴を鳴らして敬礼した。

「百龍長殿……！　遅くなって申し訳ありません……!!」

……そ、その、命令違反ではなく――、……釈放です!!　百龍長殿に釈放が……！」

ジャラルディは、定規のように敬礼した部下たちを見ながら――かすれた声で言った。

「釈放………、だと？　デイヴァッド、本当、か………？」

名前を呼ばれたジャラルディの副官、デイヴァッドは敬礼したまま、答える。

「はっ！　し、しかし、その……、――正式な判決は、まだ、その………」

口を濁したデイヴァッドは、仮面の下の目を、上官に向け――ようやく、気づいた。

「……⁉　ぐっ⁉　百龍長殿‼　なんと、その傷はっ……⁉」

部下たちは、傷だらけのジャラルディの体にようやく気づき――その有様に震え、わずかに後ずさった。

「……な、なんてことだ………‼」

龍騎兵の一人が、仮面の下で声を震わせ――そして、彼らの後ろで、小ずるい動物か何かのように固まっていた獄司たちを一喝した。

「早く！　早く百龍長殿の鎖を解け!!」

「だ、だが……、法務官からは何も、連絡が………」

鍵束を持った獄司が、口を濁すと――デイヴァッドが、敷石を割るほどの勢いで足を踏み出し、獄司たちに詰め寄って、何かの書類を突きつけていた。

「この泥鼠《どろねずみ》ども！　何度見せれば解るんだ!!　ここにあるのは、畏れ多くも馬匹《ばひつ》長官にして神皇帝軍ヨーロッパ軍団の長、大臣《ビン》アーメッド閣下の命令書だ!!

この命令に逆らったら、今度は貴様ら全員が『血の井戸』に突き落とされる番だぞ!!」

デイヴァッドの言葉と突き出された紙切れに、獄司たちは脅された鼠のようになって散り、牢の隅にあった滑車を動かした。耳障りな金属の軋みと共に、ジャラルディの体は石牢の床に溜《た》まった汚穢の中に降ろされた。

「……!!　ぐっ………」

数十時間ぶりに、縛めから解放されたジャラルディの筋と関節が、その解放がもたらした激痛に悲鳴を上げた。これまでの苦痛を全て凝縮したようなその業苦は――。

「――………っ、く………」

これまで想像を絶する苦痛と疲労に耐え抜いてきていたジャラルディの体と、意識を、一瞬で失わせて――彼を、死に限りなく近い昏睡の中に連れ去ってしまった。

「⁉　百龍長殿っ‼」

「百龍長殿をお連れしろっ！　──急げ‼」

龍騎兵たちが、松明と武器を投げ出し、汚穢の中に崩れ落ちたジャラルディを取り囲んだ。彼の巨躯を、力を失った肉体を、数人の兵士が抱き上げる。その、汚れ、傷ついた上官の悲惨な有様に──彼らが敬愛してやまなかった男の変わり様に──。

「貴様らっ……‼」

副官のデイヴァッドが、獄司たちの長の胸ぐらを掴み、牢の壁に叩《たた》きつけた。

「ま、待ってくれ！　お、俺たちはただ………。わかった、カネなら……」

獄司の長は、冷や汗まみれの顔に強《こわ》ばった笑みを浮かべ、腰帯の財布を探ったが──。

「──許さん……‼」

仮面の奥の、デイヴァッドの血走った目が正気を失っているのに気づいた瞬間──獄司長の腹に龍騎兵の軍刀が突き刺さり、深々と内臓をえぐっていた。

＊

意識よりも早く、両の眼窩《がんか》が先に覚醒した。

目蓋が、力無く開くと──ジャラルディの視野に、自分を包む薄暗闇が、そしてその向こうには――鮮やかなモザイクと、いくつもの天井画が、見えた。

（……ここは…………、――どこだ…………？）

なぜ、自分がこんな場所に居るのか解らなかった。自分が、飾り立てられた広間の床に横たえられていると気づいたジャラルディは、目を見開いたまま、視野の片隅で柔らかな灯りを揺らしている燭台《しょくだい》のほうへ、首を傾げた。たったそれだけの動きだったが、それでも彼の体には、踏みつけにされたような鈍痛が走った。

だが――魂すら壊してしまいそうな、あの拷問と鉄鎖の苦しみは――その身からは消えていた。

次第に霧が晴れてきたジャラルディの意識は、自分が、あの監獄ではなくどこか別の場所に――ひどく豪勢で広い部屋の、柔らかな敷布の上に寝かされていることを悟る。

「……く、っ…………？」

体を動かそうとして、再び襲ってきた筋肉の痛みにジャラルディは小さく呻《うめ》いた。その声に、燭台の向こうにあったいくつもの白い影が――撃たれたように跳ね起き、動いた。

「百龍長殿……!! ああ、守護天使よ!!」

叫ぶような大声――聞き覚えのある部下たちの声に、ジャラルディは首を動かし、痛む筋肉を酷使する。

起き上がろうとしてジャラルディは、自分の体の有様に気づいた。鞭と棍棒に痛めつけられていた体の、ほとんどの場所に、酒精のような匂《にお》いのする薬布と包帯が巻き付けられ、彼の動きを半ば封じていた。そして——同じように、丁重に治療された両の手首には——錆《さび》一つ無い新品の、だが残酷なほどに重々しい鉄枷が填《は》められたままだった。

起き上がろうとしたジャラルディは、腕の縛めに手を取られ、よろめく。その体を、傍らで控えていた龍騎兵たちが、慌てて抱き留めた。

「ご無理をなさってはいけません！

しかし——、……ああ、よかった……!! もしかしたら、もう………」

泣き出しそうな声で、自分の身を案じてくれている屈強な部下たちの声に、

「……？　おまえ、たち…………。——自分は、いったい…………」

ジャラルディは痛みに細めた目を向け、そして再び、周囲を見回す。

「……百龍長殿は——あの監獄から釈放されたんです。その、今は…………」

「ここは……、ご存じですか、ガラタの——カラブリアの屋敷、です」

「——なんだと？　カラブリア……？　あの西欧人の……？」

意外な現実に驚き、ジャラルディは肘《ひじ》を使って半身を起こす。その彼の、包帯だらけの体に、龍騎兵の一人が亜麻布のシーツを掛けた。

「そうです——。……あの西欧人が————、

大臣アーメッド閣下を通じて、百龍長殿を釈放したのです……」

「あの男が、自分を……？」

出来の悪い学生のように、疑問しか言葉に出来ずにいるジャラルディの前で、彼を看病していた龍騎兵たちは揃《そろ》って跪《ひざまず》き、深々と頭を下げて言った。

「……よくぞ、ご無事で……！　命令に背き、勝手に動いたこと、お許し下さい」

仮面を、床に擦《こす》り付《つ》けるようにして跪く部下たちにジャラルディは言った。

「――助けてくれたことは感謝する。だが……………、頭を上げてくれ。自分は軍籍を剥奪されている――もう、君たちの上官ではないんだ」

その言葉に――龍騎兵たちはいっせいに顔を上げ、そして――全員が、仮面の下に覗《のぞ》く瞳に全く同じ色の驚きと悲しみ、そして絶望を浮かべていた。

「……百龍長殿………!!」

「それよりも――教えてくれないか。

なぜ、あのヴェネツィア人は自分を救出するため動いたのだ？　善意ではあるまい？」

おそらくあの――カラブリアは、ファルコと呼ばれていたあの青年は、自分を監獄から出すために危険を冒し、そして――とてつもない金額の贈賄を使ったはずだった。

「はっ、それは………」

答えようとした龍騎兵の一人――銃長のペトラールが、視線をジャラルディの手枷に向けた。仮面の奥の水色の瞳の奥に、苦々しい憎悪を匕首《あいくち》のように隠して――。

「あの西欧人は…………、我々と、いえ、百龍長殿と取り引きをしたい、と……」

「……取り引き？　自分、と……？」

ジャラルディが、ひどく重い鉄枷と鎖、そしてそれ以上に重い手首を持ち上げた時――。

すうっと、背後で空気が動いたのが――壁代わりのカーテンが揺れたのが解った。

それと同時に、ジャラルディに跪いていた龍騎兵たちが一瞬で立ち上がり――目に、明らかな不審と冷静な敵意を浮かべて、彼らはジャラルディを守るようにして並んだ。

そこに――。

「気がついたようだな――――」

背後からの声に、ジャラルディは痛みに耐えてゆっくり立ち上がり、振り返る。

そこには、聞き覚えのある声の持ち主が――カラブリア屋敷の主人、ファルコがいた。

数人の使用人を引き連れた、絵画の中の太陽神《アポロン》さながらの美しい青年は――その青い瞳に、ひどく冷たく見える嘲笑《ちょうしょう》めいた笑みを浮かべて、言った。

「ははっ。死体を石牢から出すために大金を使ったかと思ったよ。

あんたはまる一日、ぴくりともせずに寝たままだったんだぞ？　――百龍長、殿？」

その言葉に、ジャラルディを守るようにして立っていた兵士たちが体を強ばらせた。

ジャラルディは、刀に手を伸ばしかけている部下たちに、低く抑えた声で待機を命じ、
そしてゆっくり歩いて――優雅に立つファァルコの前に進んだ。

「礼を言う前に——聞いておきたい。

なぜ、自分を釈放させたのだ？　いや——連れ出した、と言うべきか？」

ジャラルディが、自分の腕を縛めている鉄枷をわずかに持ち上げ、言った。

「カラブリア殿。……自分は——貴殿の親友を捕らえ、捕虜にした。

その恨みのあるはずの貴殿が、このようなことをした理由をお聞かせ願いたい」

その、わずかに後悔と哀れみの混じった静かな声に——ファルコが、嘲笑と苛立《いらだ》ちを隠そうともしない、毒々しいほほ笑みと、言葉を、ジャラルディに向けた。

「ハッ……、解っているのなら話は早いな。

……あんたが、キャスにつまらない話を吹き込んだりしなければ——彼は、無事だったんだ……！　彼と、あの女奴隷たちくらい、僕が守ってやれたんだ……！　それを……！」

ファルコは苛立たしそうに、小さく爪を噛《か》み——そして目の前の、彫像のような巨躯の男の前で、ゆっくりと——歩き、言葉を探した。

「……あんたと——取り引きが、したい」

ジャラルディはそれに答えず——檻《おり》の中の獣のように行き来する青年の言葉を待った。

「あんたの——手駒《てごま》を、兵士たちを貸して欲しい」

「部下を……？」

意外な言葉にジャラルディが驚くと——龍騎兵たちも、小さく、隊長に視線を向けた。

「……そう、だ――――。

あんたの部下たちに、やって欲しいことがある。いや、やってもらう……！

その殺戮《さつりく》機械共も――あんたの命令なら、どんなことでも聞くはずだ。

もし…………、あんたが断るのなら…………！」

足を止め、ジャラルディを見上げたファルコの顔に――その目の奥で燃えている、ぞっとするほど烈《はげ》しい憤怒と、そして不安の色を見て――ジャラルディは、なぜ自分がこの青年の手に堕《お》ちたのかを、不思議なほどはっきりと悟っていた。

（……まさか――あのときの〝夢〟は…………、まさか…………!?）

沈黙を続けるジャラルディの前で、ファルコは毒のような言葉を吐き続ける。

「……百龍長、あんたを釈放させた書類は――金で買った、いわば仮の書類だ。

もし、あんたが僕との取り引きを断るのなら……、また『嘆きの塔』に戻ってもらう。今度は永久に、な。安心しろ、その時はあんたの可愛い部下たちもいっしょにだ」

そのファルコの言葉に、龍騎兵たちは鋭く、帝国語で呪《のろ》いの言葉を吐き――刀に手を掛けようとした。その動きに、ファルコの護衛たちも動き、主を守ろうとする。

いくつもの刃が抜かれようとした瞬間――。

ジャラルディィは部下たちが爆発するのを、静かな、それでいて鋭い命令で抑えた。

「止《や》めろ。

……カラブリア殿。自分たちは星の輝きをも支配する神皇帝閣下の奴隷、親衛隊だ。金や取り引きで動く傭兵《ようへい》ではない――。

では刑士を呼んで、我々を『嘆きの塔』に連行させるがいい。それで話は終わりだ」

――世界から、空気が失われてしまったかのような沈黙が、男たちの間に充満した。

敵意と、疑惑と、そして正体のない絶望感が満ちたその沈黙を――。

「…………わかった――。

君たちと、君たちの上官に無礼を働いたことは――謝る。すまなかった」

最初に、ファルコがその沈黙を破った。彼の、どこか疲れきったような声と、その奥に隠れている焦燥感《しょうそうかん》に気づいたジャラルディは——静かな沈黙と、視線を、目の前の青年に向け続け、彼の言葉を待った。

「ははっ……。『嘆きの塔』で二昼夜も責められていた男が、まさか、この取り引きに乗ってこないとは考えもしなかったよ——あんたのことを安く見すぎていたな……」

ファルコは、手指で眉間《みけん》を押さえるようにして、低く笑い——そして、

「……頼む——手を貸してくれないか……」

うつむき、わずかに声を震わせて——ファルコは、目の前の男たちに、言った。

「……あんたたちの上には——宰相イーブンジクには、もう話は通してある。あとは……、——隊長、あんたが兵士たちを動かしてくれれば……。頼む——」

ジャラルディは、声に力を失った青年の前に進み出て言った。

「我々に——何をさせるつもりなんだ？」

その声に、普段は太陽神のような美と力を発散させているファルコが——その輝きの曇った声で、呻くように答えた。

「……頼む——、……姉さんを、助けてくれ……——」

やはり——最悪の予想を的中させたジャラルディは、だが静かな声で問いを続ける。

「貴殿の、姉上を……？　――いったい、何があったんだ……？」

数呼吸の沈黙の後――ファルコは顔を上げ、憎悪と憤怒を燃やした双眸で宙を睨んだ。

「――拉致《らち》、された…………。あの薄汚い田舎者共が、姉さんを攫《さら》いやがったんだ……！」

「……なんて事だ……。――相手は、解っているのか？」

「ああ。便所桶《おけ》の中で育てられたブルボン家のご用聞き――ガラタの、フランス人共だ。僕の商売敵《しょうばいがたき》だった、フランス人のブロージュという能無しが――あんたたち帝国の大臣とつるんで、僕を陥れようとしているんだ。姉さんを使って、な」

「……君の姉上は――あの貴婦人は何処《どこ》に？　……まだ、ご無事なのか？」

「……ああ――無事、だと思う。

身代金をすでに二万デュカート、払ってあるが…………、あと三万、要求されている」

「――……途轍《とてつ》もないな…………。払えるのか、いや――」

「ああ。そうさ。金なら何とでもなるが――無意味だ。

やつらの狙《ねら》いは、僕の破滅だからな。姉さんを、このまま無事帰すつもりは無いだろう」

ファルコは、檻の中の獣のように歩き、忌々《いまいま》しそうに指の爪を噛んだ。

「僕も、迂闊《うかつ》だった……！　――戦争が始まる前に、姉さんを本国に帰すか、この屋敷に避難させるか、しておくべきだったんだが……、姉さんが、それを嫌がってね。

――くそっ……!!　帝国の汚い宿無しの餓鬼どもに字を教えてくれてやった代償が、これか⁉　ははっ……！　こんなことなら――――」

彼を、ファルコを知るものが見たら驚くほど――激昂《げっこう》し、悪罵《あくば》をまき散らすファルコに、ジャラルディは変わらず、静かな声で語りかける。

「あの姫君の囚《とら》われている場所は？　――救出の見込みはあるのか？」

ファルコは――足を止め、豪華な絨毯《じゅうたん》を忌々しそうに踏みにじり、言った。

「ああ。居場所ははっきりしている。

ガラタの、フランス商館街――ロワール株式会社の商館だ。姉さんはそこにいる。

……一度、部下を集めて押し込ませたんだが――――失敗した」

「失敗……？」

「そうだ――甘かった…………。

やつらは、帝国の大臣から軽騎兵《スパーヒ》と、西欧人の傭兵を借りて商館を警護しているんだ。

僕の……、――わかっているだろう？　僕の隼組の侠者《ヤクザ》じゃ、手も足も出ない……！」

「そう、か……。ただの、金目当ての暴徒ではないと言うことか」

「やつら――この機会を、ずっと狙っていたんだ……‼

帝国とヴェネツィアの戦争で、僕の立場が危うくなるのを狙って姉さんを攫ったんだ。

僕や、他のヴェネツィア商人を追い出す――その代わりにフランスの豚共《ぶたども》がおさまる――。

やつらはその腐った取り引きのために……、姉さんを………‼」

青年の顔には、双眸には、悪魔のそれを思わせるほどの憎悪が燃えさかっていた。

「……それで——我々を？」

「ああ——、……そうだ。

やつらは、姉さんを閉じこめている商館を根城にして、そこを軽騎兵と傭兵で固めている。

僕の集められる侠者や若衆じゃ、あの軍隊相手には何も出来ない。だから——。

……あんたの龍騎兵で、姉さんを助け出して欲しい——。

もし、協力して——姉さんを助けてくれたのなら——どんな礼でもするぞ。

もちろん、あんたの疑惑を帳消しにして、また軍隊に戻れるよう宮廷を動かしてやる。

だが——協力しないのなら……、さっき言ったことは、本気だ——監獄に戻ってもらう」

ジャラルディは、目を閉じ——目の前の青年の激昂が感染しそうになっている、激怒と焦燥が渦巻いている胸中を鎮《しず》めようと、深く、呼吸し——そして、答えた。

「……帝都駐留の親衛隊には、市街の治安維持任務が命じられている。

だが——私怨《しえん》や謀《はかりごと》で、勝手に兵を使い、帝都に混乱を招くことは自分には出来ない」

その言葉に、ファルコの憎悪に燃えていた目が、刃のようになってジャラルディを見た。

だが彼は、手負いの狼《おおかみ》のような青年の憎悪を、まっすぐ、静かな目で見つめ返し、

「だから——礼は要《い》らない。自分の罪は、帝国の聖なる律法と唯一神が御裁きになる——。

我々は、暴徒に拉致されたガラタの市民を救出するために、出動しよう。事を為し遂げ

られるかどうかは解らないが――自分は、死力を尽くすつもりだ」

その言葉に、一瞬、ファルコが意味を解しかねているような顔をした。

「では……、やってくれるのか……⁉」

ジャラルディは、それにゆっくりと頷《うなず》き――そして、手枷が縛めた両手を持ち上げた。

「条件がある――。

君と、自分は雇い主と傭兵ではなく――同じ目的を持った同志として、戦って欲しい。

それともう一つ――我々は報酬は要求しないが、その代わり、あの貴婦人を救出する作戦に必要なものを、君の力で揃えて欲しい。囮《おとり》の金、武器、そして情報だ」

ファルコは、小さな音を立てて爪を噛み――刺のある笑みを浮かべて、答えた。

「わかった。金だろうと武器だろうと、何でも用意しよう。

だが――僕は商売人だ。報酬を受け取ろうとしない相手は、信用しない事にしている。

望みを言えよ、隊長殿。姉を無事、助け出せたら――何が欲しい？」

ジャラルディは、まだ拷問の苦痛が影を落としている顔に、小さな笑みを浮かべた。

そして、少しの間、目を閉じ――あの夢を思い出して――答えた。

「自分の望みは、君と同じ――あの方のご無事、ただそれだけだ。

それより、この手枷を外してもいいだろうか？　これでは――何も出来ない」

静かにほほ笑むジャラルディの顔に――明らかに、この巨人とは理解し合えないと悟ったファルコが肩をすくめてみせ、背後に控えていた使用人に合図した。

使用人が、鍵束を持ってジャラルディの前に歩み出た、その時、

「先にひとつだけ、頼みがある――自分たちと、君は、たとえ一時の間でも仲間だ」

そのジャラルディの言葉に、ファルコが不審そうに眉《まゆ》をひそめた。

「あの貴婦人を助け出すまでは――絶対に裏切らないでくれ。嘘《うそ》は、つかないでくれ」

静かな、だが腹の底を冷えさせるような、冷たいジャラルディの声が終わらぬ内――。


「――……なっ……!?」


手枷で縛められた、ジャラルディの腕と、肩の筋肉がわずかに盛り上がった。それを見たファルコと、他の男たちの目に――ジャラルディの手を縛めていた鋼鉄の枷が、耳障りな軋みと共にひしゃげ、粘土か何かのようにねじ曲げられ、破壊されるのが映った。

ただの屑鉄《くずてつ》にされた鉄枷が、床の絨毯に落とされ、鈍い音を立てた。

「それと――自分を捕らえようと思うなら、この倍は頑丈な手枷が必要だぞ」

手首を摩《さす》りながら、ジャラルディが小さな笑みさえ浮かべて、言った。

その、美しい魔人像のような巨漢を前に――さすがのファルコも、色を失っていた。

＊

アイマール帝国とロンバルディア同盟との間に戦端が開かれてから、六日目の夜——。

帝都コンスタンティノヴァールには、冬に逆戻りしてしまったかのような冷たい東風が吹いていた。月を隠す、どす黒い雲が低く立ちこめた市街は、夕べの祈りが過ぎた頃《ころ》には、早、暗闇に包まれ——乱立する神殿の尖塔《せんとう》が瞬かせる神灯の他は灯も見えず、人の住む気配すらも、夜の闇が飲み込んでしまったかのようだった。

ガラタ地区の高台も、それは同じだった。もとより、戦争の勃発《ぼっぱつ》と共に、数多くの住人が家を捨てて逃げ出したガラタのキリスト教徒区と商館通りは、不吉な墓地のように静まりかえっていた。

だが——そのガラタの、海峡側にある高台に広大な敷地を構える軍事施設、帝国軍の重火器を生産する『砲兵工廠《こうしょう》』には、数こそ少ないがいくつもの燈火《とうか》が焚《た》かれていた。

要塞《ようさい》のような石壁に守られたその工廠は、ガラタ地区を防衛する帝国軍の拠点であり、そして市街を威圧するための城塞でもあった。

その砲兵工廠内に宿舎を構える、帝都駐留の龍騎兵部隊は————。


「——百龍長殿。士官、銃長までの下士官、全員、揃いました」

副官デイヴァッドの報告に、軍服に着替え、兜《かぶと》と仮面とを着けた百龍長ジャラルディが机の図面から顔を上げ、頷き——仮面から覗く、鋼玉のような目で室内を見渡した。

「ご苦労だった。手空きの兵士で、希望する者はここに通してもかまわん」

ジャラルディの言葉に、デイヴァッドが敬礼し、背後を振り返ると——待ちかねていたような兵卒の龍騎兵たちが、開け放たれていた扉の向こうから、この作戦室代わりの書室へと先を争って駆け込んできた。いくつもの獣脂ランプが、ばちばちと暗い灯りと油煙を放っている部屋の中は、すぐに男たちの熱気で息苦しいほどになった。それでも、半分以上の龍騎兵はこの書室に入れず、廊下にまで溢《あふ》れていた。

兵士たちは、地獄より恐ろしい『嘆きの塔』から、無事、生きて帰ってきた自分の上官の姿を一目見ようと集まり、毛を刈られる羊のように押し合っていた。

その、白い死神たち——純白の軍服と鎧《よろい》、兜で武装した龍騎兵の猛者たちの中で——。

「……——ははっ……………、これは——壮観だな……………」

龍騎兵たちとは、別の生き物のように見えてしまう――冬用の外套《がいとう》を身にまとったままのファルコと彼の使用人たちは、ジャラルディの背後で、居心地悪そうにしていた。

カテリーナを救出する作戦を立案するため、この砲兵工廠を本部としたジャラルディの決定に、ファルコは乗り気ではなかったが――拒否することも出来なかった。

どのみち、敵には――カテリーナを拉致したブロージュたちには、ファルコが親衛隊と、ジャラルディと接触しているという情報は知られてしまっているはずだった。だが、普段は帝国の役人でさえ出入りが厳しく規制されるこの兵器工場に、西欧人のファルコが潜んでいるとは――まだ、敵は気づいていないはずだった。

「……確かに――こんな目立つ連中を、僕の屋敷に呼びつけるわけにはいかないな……」

軽口を叩いてしまってから――それが、自分でも虚勢を張っているように聞こえてしまったファルコは、不機嫌そうに髪をかき上げ、歩き――ジャラルディの向かう机に広げられた、何枚もの図面に、ばん、と手をついた。

「――それで？　姉さんを無事、助け出す算段はついたのか？」

ファルコの目が、赤いインクが様々な線や文字を書き記した図面に落ちた。

「ああ。やってみせる――だが……、危険な賭《か》けだ。それは承知しておいてくれ」

ジャラルディの声に、ファルコは忌々しそうに図面を――彼がガラタの大工組合《ギルド》から手に入れてきた、フランス商館の見取り図を手に取った。

「わかっているだろうが——あのフランス商館は、ほとんど要塞化されているんだぞ？　正面入り口と、一階の広間には百人近い完全武装の傭兵たち——裏通りにある勝手口も似たようなものだ。さっきも話したが……　僕の手下は、この裏口から攻めて失敗した」

「ああ。先程の偵察で、それを確認した——軽騎兵は、正面入り口前に二小隊、これも百名ほどが蝟集《いしゅう》している。おそらく君の最初の奪回行動、それと——君と、我々龍騎兵が接触した情報を手に入れて、敵も警備を強化したんだろうな」

何か、将棋の手でも論じているような、物怖《ものお》じしないジャラルディの声に、却《かえ》って苛立ちを募らせたファルコが言った。

「あの卑怯《ひきょう》な豚共の情報は、もうたくさんだ……！　僕が知りたいのは——」

図面を机に投げ棄《す》て、ファルコが、頭二つ分は上にあるジャラルディの目を睨んだ。

「本当に……、姉さんを助けられるのか？　あんたの兵隊たちで⁉」

血を吐くような、そしてすがるような——疲れすら感じさせるファルコの声に、微動だにしないジャラルディが、ゆっくりと答える。

「——普通に考えれば……、救出は、あの姫君を無事、お助けすることは難しい。敵は、籠城《ろうじょう》態勢で防御を整えた二百近くの兵士、こちらは——龍騎兵が八十二名だ」

「……勝ち目がない、と言うのか…………？」

「いや——問題なのは、敵との勝敗よりも——通常に交戦した場合、こちらが不利なのに合わせ、あの姫君の生命を危険にさらしてしまうことだ。人質として使われた場合、こちらは攻撃すら出来なくなってしまう――だから、策が必要なんだ」

「策、だと……？　どんな作戦を考えているのか知らないが――もし………」

ファルコが不安げに言葉を詰まらせた、その沈黙を狙ったように、

「おおい、すまん、ちょっと通してくれえ」

兵士たちの背後から、場違いなほど野暮ったい、壮年の男の声が聞こえてきた。

だが、その声に居並ぶ龍騎兵たちは、ハッと身を固くし、道をあけ――敬礼する。屈強な龍騎兵たちのあけた通路を潜ってくる小柄な男の姿に、ジャラルディが兵士たちと同じように敬礼した。

「遅くなって、すまん。いやあ。ちびども、このご面相を見るだけで逃げ出しよるわ」

やって来たのは――灰色じみた砲兵の軍服と仮面を付けた、親衛隊の砲兵隊士官だった。

「砲列長殿――、……では――子供たちは……？」

ジャラルディの不安げな声に、ファルコは眉をひそめたが――だが、魔人像のようなジャラルディと龍騎兵たちが定規のような敬礼を送っている、小柄な男は――ステンマン砲列長は、顎《あご》の露出した仮面から覗く、焼けこげた火縄のような髭面《ひげづら》でニッと笑った。

「安心せい。君の名前を出したら――煮付けにできるほどわらわらついてきたわい」

火薬で黒ずんだ歯を見せて笑ったステンマンは、背後の通路に手招きをした。

「しかしどうして君は、こうも出世の手助けにならんような連中にばかり好かれるんだ？」

「――は……、はい……？」

「ま、ええわい。――ほれ、入れ。誰もとって喰《く》ったりせん」

狼狽《ろうばい》したジャラルディを無視して、ステンマンがもう一度手招きすると――ぼろ切れを固めたような、貧しい身なりの浮浪児たちが兵士たちの間を潜って来た。明らかに、場違いな場所に呼ばれ、脅えきっている小鬼のような子供たちの群れは――その群れの、一番気の強そうな男の子の陰に隠れるようにして歩き、ステンマンの前で止まった。

「ああ――、ありがとうございます、砲列長殿。……君たちも、よく来てくれた――」

ほっとした声を出したジャラルディに、またファルコが眉をひそめる。

「なんだい――この汚いがき共は……？」

「守護天使さ。君の姉上を助けるための、な」

さらに訝《いぶか》しそうな顔をしたファルコに、ジャラルディは仮面の奥の目だけで笑う。そして、机の前で寄り固まっている、汚れた雀の群れのような子供たちに顔を向けた。

「怖がらせてしまって、すまない――。……砲列長殿から、話は聞いているかい？」

ジャラルディの、その威容には似つかわしくないやさしげな声に、子供たちはハッと驚き、石像のような白い巨体を見上げた。

寄り固まった子供たちの群れから、一番年かさの男の子が一歩、進み出た。

「……あの女先生、捕まってる………。──あんたら、先生を助けてくれるのか!?」

下町訛《なま》りむき出しの、だが、必死に恐怖に耐えている男の子の言葉に、ジャラルディはゆっくり頷き、言った。

「ああ。悪党にさらわれたあのお方を──君たちの、大事なあのひとを助け出すんだ」

ジャラルディの言葉に、ファルコが露骨に嫌そうな顔をして汚い子供を見た。

「……ほんとう!? じゃ、じゃあ……、おれたち、何をすればいいんだ!?」

「警邏の隊長が、おっちゃんになってから……、おれら、狩られんようになった……」

「なんか、おれらに、できるんか………? おれら、何でもしたるぜ……!」

子供たちの汚れた顔に、ぱっと、何かの灯《ひ》が点《とも》ったような色が浮かび、ジャラルディを見上げた。彼は、子供たちを手招きして、机の上に広げられたフランス商館の見取り図を指し示した。

「──わかるかい? これは、あのお方が捕らえられている西欧人の館の、見取り図だ。この中に──館の中に入って、中を見てきた子は居るかい? 居たら………」

その言葉に、子供たちの顔がいっせいに、発条仕掛《ばねじか》けの人形のように上下に揺れた。

頷く子供たちの真摯《しんし》な表情に──ようやく、ファルコもジャラルディの意図を悟った。

「そうか……! やつらも飲み食いしたり──糞《くそ》をひったりするわけか……!!」

「ああ──敵は何日も、あの館から動かずにいる。食糧の備蓄はあったとしても………

傭兵どもが、自分で手洗い桶を片付けるとは思えないからな。それに――」

ジャラルディの目が、仮面の下で小さく笑った。その彼の前で、食い入るように図面を見ていた子供たちが、自分の記憶と、館の見取り図を組み合わせながら口を開く。

「……わかった！　この、一階の広間と――」

「……二階の、階段すぐの部屋にはいい服を着たやつらが――」

いっせいに、騒ぐ雀のように口を開きだした子供たちを抑え、ジャラルディは一人ずつ、図面に書き込みをしながら話を聞いてゆく。その子供たちの言葉に、他の龍騎兵が、そしてファルコが、食い入るようにして聞き入る。

酒や食料の買い出し、そして便所桶の掃除などの雑用で、件《くだん》のフランス商館の中に呼ばれた子供たち――住む場所も、その日食べるものもないような、この都市の最下層の人種、野良犬以下の扱いを受ける子供たちから――ジャラルディは、どんな宝物よりも貴重な、商館内部の様子を聞き取っていった。

この貧しい子供たちは皆、街と大人たちを、いや――世界自体を恐れ、憎み、這《は》いずるようにして生きていたが――皆が、カテリーナのささやかな学校で、読み書きよりも大切なことを教えられていた子供たちだった。

「――……武装した傭兵のほとんどは、一階の大広間と食堂に集まって、そこで寝起きしている。軽騎兵は、夜、正面入り口と大通りに出て警護に当たり、馬は………」

ジャラルディィは、図面に赤いインクで情報を書き込みながら、子供たちの話す言葉を復唱し、居並ぶ部下たちにその内容を記憶させる。そして、

「じゃあ――この中に……、あの女先生を、館の中で見た子は……?」

ジャラルディィが、一番重要な言葉を口にし――ファルコも緊張し、唾《つば》を飲んだ。

「……おれの妹が……、カチュカが――女先生を、見てる……」

年かさの男の子が、彼の後ろに隠れていた幼い子を、前に出させた。この場にいた全員の視線が、小さな、煙突に住む鼠を思わせる子供に注がれた。ぼろ切れの塊のような服を着た、その裸足《まだし》の幼女は、脅えて、兄の腕の中に隠れようとした。

「怖がらせて――ごめん。……ほら、これを見てくれないか……?」

ジャラルディィは巨躯を屈《かが》ませ、その幼子にやさしい声を掛ける。そして彼の起重機のような両の腕がそっと伸びて、幼子を静かに抱き上げ――純白の鎧と軍服に汚れが付くのも構わず、その子を抱いて、机の上の図面を指し示した。

「う………」

幼子は、脅えた声を漏らしたが――少しして、小さく頷いた。

「せんせい、ね………、二階の、いちばん奥の、部屋………」

あかぎれだらけの小さな手が、少し迷った後――フランス商館の二階、おそらくは執務室に使われていた部屋を指さし、そして確かめるように、そこを何度も手でこすった。

「本当か⁉　それで、姉さんは無事か⁉」

堪《こら》えきれなくなったファルコが、噛み付くような勢いで幼子に詰め寄った。

「ん……、う、うん…………。

……せんせい、その部屋に、いるよ。こわい人たちに、ずっと見張られてる………」

ファルコの剣幕に脅えていたが、幼子は、自分の言葉の正しさを宣誓するかのように、精一杯の力でジャラルディの袖《そで》を握り締めた。

「あたし……、せんせいの、おせわ……、したから、ぜったい、間違えてないよ……？」

「わかった——ありがとう、お嬢ちゃん。君のおかげで、あのお方を助けられそうだ」

「……ほん、とう…………？　せんせ…………、また、あの木のとこに来てくれる？」

「ああ——きっと、また来てくれる。神皇帝陛下《へいか》に賜《たまわ》ったこの聖名に懸けて、誓う」

その言葉は、彼ら親衛隊にとっては最も気高く神聖な誓いだった。ジャラルディのその言葉に、居並ぶ龍騎兵たちの間に鞭打たれたような緊張と畏怖《いふ》が、走った。

ジャラルディは、幼い子供を兄のもとに返すと——彼女が指し示した部屋の一角に、赤い星の記号を書き込んだ。

「聞いたな？　——各班の指揮官、前に出てくれ」

ジャラルディの命令に、数名の龍騎兵が前に出る。彼らと、背後の兵士たちに、ジャラルディは矢継ぎ早に状況の説明と、細かな指示を与えてゆく。蚊帳《かや》の外に出された、と感じたファルコが、苛立たしそうに口を挟もうとした時――。

あの幼子が、近くにいたファルコのズボンを握り、泣き出しそうな目で彼を見上げた。

「う……、せんせい、かわいそう…………。はやく、助けてあげて……。

せんせい……、つえ、取り上げられちゃってて……、ずっと、動けないの…………」

そのつたない言葉が、男たちの間に酒精が燃えたような見えない炎を燃え立たせる。

ファルコは――激怒のあまり、その美顔に引きつった笑みすら浮かべていた。

「――………ははは。……あの恥知らずの糞袋ども…………!!

やつら全員地獄に叩き堕として、サタンの尻《しり》の下に埋めてやるぞ…………!!」

怒りのあまり、顔を青白くしたファルコがその顔のまま、ジャラルディに言った。

「姉さんの無事はわかった。……さっき、あんたに頼まれた二回目の身代金はすぐに準備する。……だが――状況は変わったようには見えないぞ。どうする気だ⁉」

部下に命令を下していたジャラルディは、それを止め――どこか少年じみた激情をまき散らしている目の前の青年に、静かな視線を、そして言葉を向けた。

「状況は――変わったよ。今は、勝機は、こちらにある。

ここから先は、自分に――戦争しか能のない我々軍人に任せてもらえないか」

その言葉に――ファルコは怒りのおさまっていない、刃のような視線をジャラルディに向けたまま――小さく指を立て、連れていた使用人の一人をどこかに走らせた。

「身代金の三万は、さっきあんたが言った時間に、やつらの所に届けさせる。連中には、金を払うことも伝えてある――宰相イーブンジクにも、この一件を公《おおやけ》にしないように処理してくれと、言伝と金を、渡してある――これで、僕の役目は――終わりか？」

「もうひとつ、頼みたいことがある。

これから、この作戦の最終調整を行う。今回の総指揮官は、君だ。作戦を聞いて、不満があったら遠慮無く言ってくれ」

その言葉は、憎悪で凍てついていたファルコの顔をわずかにほころばせた。

「では――聞こうか。安心しろ、僕は戦争には素人だ。口答えしないで聞いてやる」

＊

その部屋は、手ひどく荒らされていた。

豪華な机も本棚も、ひっくり返されて部屋の隅に押しやられ――絨毯を剥《は》がされたむき出しの板床には、男たちの泥靴の残した足跡が無数に残っていた。

灯りもないその部屋の一角には、奇跡的に破壊を免れた硝子窓《がらすまど》から差しこむ外界のかすかな灯りが、薄暗い模様を描いていた。

部屋の片隅には、ベッド用の藁束《わらたば》が乱雑に投げ出され――そこに――――場違いなほど鮮やかな色彩が、あった。薄紅色のドレスと、その絹生地によく似合う桃色の髪が、音もなく揺れ——その合間から、最高級の磁器のような白い肌と、顔が覗いていた。

「——…………」

カラブリア家の息女、カテリーナは、囚われてから幾度めかの夜を、このあまりに似つかわしくない汚れた部屋で迎え——普通の男が見、そして耳にしたら、憐憫《れんびん》のあまり死んでしまいそうなほどの、深い愁いに満ちた溜め息をついた。

彼女の、清楚で可憐《かれん》な横顔に、外界から漏れてきた弱い光が陰影を落とし——悲観と疲労、そして汚れが張り付いてしまった彼女の顔を、それでも美しく浮かび上がらせる。

転んでしまったまま、動けないままでいるようにしゃがみ込んだカテリーナは、不自由な彼女の四肢を助けてきた機械と、杖を取り上げられたまま——何日も、動けずにいた。

近くに置かれた酒瓶と石のようなパンには、ほとんど手がつけられていなかった。時おり、外の街路から、そして床を貫いて階下から、彼女を捕らえている傭兵たちの野蛮な笑いやだみ声が響き渡り——その度に、彼女は哀れな鼠のように身を固くし、震えていた。

そこに——。

「——あ、っ…………!?」

聞く者を脅えささせる、乱暴な、いくつもの足音が、部屋の壁と扉を貫いてカテリーナに近づいてきていた。恐怖と、困惑に顔を強ばらせた姫君は、力無い手で、ドレスの裾《すそ》と藁をかき寄せ、隠すこともできない自分の弱い足を隠そうとする。

ばん、と、これもわざと相手を脅えさせるように、乱暴に扉が開かれる。それと同時に、野卑な薄ら笑いと男たちの足音、そして目を刺すようなランプの灯りが部屋になだれ込みカテリーナを取り囲んだ。

「あ、あ…………？　——な、なんです…………!?」

悲鳴を上げそうになるのを必死でこらえたカテリーナの声と、脅えた顔に——部屋に押し入ってきた男たちは、唾吐くような、そして舌なめずりするような視線を向けた。

「そんなに怖がんなよ。そろそろ、ちったあ愛想の一つも見せてみろや。あ？」

武装した傭兵たちを引き連れた、古い酒樽《さかだる》のように太った屈強な男が、髭を剃《そ》ったばかりの顎を撫《な》でながら、ひどいフランス南部訛りの言葉を吐き捨てた。その言葉に、背後の傭兵たちも追従するように下卑た笑い声を上げる。

ぴっ、と残っていた顎髭を抜き——傭兵隊長のアベラールが、カテリーナに近づいた。

「い、いや…………！」

藁の上で、立つことも出来ずにぎこちなく足掻《あが》くカテリーナに、頑強な半甲冑《はんかっちゅう》で覆われた腹を突き出すようにして——容赦なくアベラールと、部下の傭兵たちは姫君を追い詰めた。すえた酒と汗、そして香水と垢《あか》の臭気が混じり合った男たちの体臭がカテリーナを窒息させそうになる。

「ハッ！　小娘みてえじゃねえか！　たまんねえなあ——」

傭兵の一人が、手にした斧槍《ハルバード》の石突きで、カテリーナのドレスの裾をかき上げようとする。恐怖と恥辱で染まった顔の姫君が、必死に、ドレスを押さえるのを見て——また男たちが笑い、聞くに堪《た》えない下品な嘲罵《ちょうば》を吐き捨てた。

必死にもがくカテリーナの両腕の間で、歪《ゆが》み、揺れているドレスの下の乳房に、血走ったような目を向けていたアベラールが、

「今夜は、いい報《しら》せを持ってきたんだぜ。はは、最高の夜だわい——」

傭兵隊長は、窓の向こうに広がるガラタの暗闇と、暗雲を突き刺すような教会の鐘楼《しょうろう》に満足そうな薄笑いを向け、そして自分を楽しませるような口調で、言った。

「あんたの弟が……、カラブリアの腐れ私生児《バスタルド》が——あんたの身代金を、追加で三万払うと、さっき気前よく言ってきおったわ。ふん、あの玉無しの青胡瓜《あおきゅうり》めが……！」

その汚い言葉の中に、あることを悟ったカテリーナが——ハッと、顔を上げた。

「……えっ……、ファウ、が——ファルネリウス、が……？」

「いい弟を持ったなあ。あんた——。

おかげで、こっちは楽な仕事で丸儲《まるもう》けだ。ブロージュと山分けでもお釣りが来る」

満足そうなアベラールの言葉に、傭兵たちがまた笑う。

男たちの様子にカテリーナは、脅えた顔と瞳に、一条の希望をきらめかせた。

「あの子が、私のためにそんなお金を…………。

……で、では…………、──私を、帰してくれるのですか…………？」

カテリーナの声に──男たちは、笑い声を飲み込み──そして一瞬後、

「けっ！　馬鹿か、おめえ⁉」

アベラールの罵声《ばせい》と共に、カテリーナの気を失わせそうになるほどの嘲笑が爆ぜた。

「……っ、え…………？　あ、あ…………？」

訳が解らずに狼狽《うろた》え、両の瞳を涙で曇らせたカテリーナの目の前で──。

「今夜の三時に、あんたの可愛い弟がカネを持ってくる。そうしたら……」

傭兵隊長の長靴が、藁の下に隠されていたカテリーナの手洗い桶を蹴《け》りとばした。けたたましい音を立てて桶がひっくり返り、中の汚水が音もなく床に広がった。

「あ……！　い、いやあっ……‼」

絹を裂いたようなカテリーナの悲鳴に、男たちの嘲笑が大きくなる。

「ああ、臭えくせえ。ヴェネツィアのお高くとまった姫も、帝国の汚え淫売《いんばい》も出すもんはいっしょだな、ああ？　ははははは‼　どんな顔してひり出しゃがったんだか」

情け容赦ない傭兵の言葉に、カテリーナは恥辱の涙が溢れた顔を、両の手で覆いうずくまる。その彼女の背に、唾するようにしてアベラールが吐き捨てた。

「カネを頂いたら――おかえしに、あんたの首をあの若造に送り届けてやるのよ。ははっ、まあ、その前に……、帝都に島流しにされた哀れな行かず後家のあんたに、俺たちが情けをくれてやらあ」

「――…………!? ひっ…………!!」

獣以下の男の言葉と、嘲笑にカテリーナが身を固くすると、ドレスから覗くその美しい背中の線に、傭兵たちが何かを待ちきれないように、唾を吐きかけ――爆ぜるように笑う。

「どうせ――あの糞忌々しいヴェネツィアなんぞ、この戦争が終わらねえうちにハプスブルグの豚共に踏みつぶされるんだからよ。ははっ!!

あんたにゃ――あの世でほかのヴェネツィア女どもに自慢できるよう、わしらフランスの種をたっぷりくれてやるからな。すぐだからよ、楽しみにしとけ。ははは……!!」

「――…………」

男たちの笑いと、足音が行ってしまっても――カテリーナは微動だにしなかった。

「……神さま……、――……神さま…………!!」

力無く震えている体の内側で、固く――手を組み、祈りを捧げる彼女のかすかな声が、一瞬だけ、雲を割った月明かりが差した部屋の中に広がり、消えていった。

＊

いくつもの篝火《かがりび》が、冷たい突風に吹かれてばちばちと爆ぜ、火の粉をまき散らす。

野蛮な光芒がゆれる夜陰の中に――砲兵工廠の中庭に、白い影が無数に走り――それは篝火の近くで、完全武装をした親衛隊龍騎兵の姿になり、再び闇の中で白い影になる。

数十もの白い影が、中庭の中央に並べ置かれた遮光器付きの角灯《ランタン》が造る照明の中で動き、完全に迷いのない手つきで装備を確かめ、武装を身につけてゆく――。


ある者は、純白の軍服と鎧に、煤《すす》で染めた包帯を巻き付け、白黒の虎《とら》のようになって闇に潜む用意をし――別の龍騎兵たちは、胴鎧を二重に着け、その上に水に浸した牛の生皮を張り付けて弾よけにする。その傍らでは、体中に拳銃《けんじゅう》を括《くく》り付《つ》けた龍騎兵が、砲兵から爆薬の包みと導火索を手渡されていた。

別の一隊が、装甲を施した軍馬を引き連れてくると、龍騎兵の使う頑強で巨大な馬たちは、戦いの気配を感じ取って、苛立たしそうに馬蹄《ばてい》で地面を掘り返す。

「――…………」

殺戮機械と化し、戦いの準備を進める龍騎兵たちの一群を前にして、ファルコは――この親衛隊を異教徒の悪魔、帝国の先兵として西欧人が恐れるその理由を改めて感じていた。

ファルコはちらっと懐中時計を見――深夜の二時を過ぎたその盤面から、彼は苛立たしげな視線を外し、それをジャラルディに向ける。

ジャラルディは――中庭の一角で、かがみ込むようにして、あの浮浪者の子供たちに声を掛けていた。彼は子供ら一人ずつに、銀貨の入った小袋を渡しながら言った。

「――しばらくは、外に出ないほうがいい。ここの兵舎にいたほうが安全だ」

子供たちを諭したジャラルディは、控えていた部下に、子供たちの寝場所と食事、衣服を用意するように命じると、足早にその場を離れた。彼は、砲兵たちが起重機を使って野戦砲を砲架に据え付けている現場に向かい、そこで砲列長ステンマンと最後の作戦確認を行った。数度の言葉のやりとりでそれが終わると――。

「わかった――あとで大目玉を食うかもしれんが……、まあ、任せておけ」

ステンマンが髭面を歪ませて笑うと、ジャラルディは謝罪するよう、目を伏せた。

「まったく――いい頃合いで帝都駐留が決まったと思ったら、これだ。

残りの年期は、要塞で祝砲だけ撃って過ごすつもりだったんだが――着任早々、こんな厄介事にわしを巻き込んでくれるとは。まったく、君も罪な男だ」

「砲列長殿にはご迷惑をおかけしてしまい、申し訳ありません……。――全ての責任は、自分が取るつもりですが……、もし、砲列長殿の経歴に――」

自分の倍ほどもある巨漢が、すまなさそうに言葉を詰まらせたのを見て、ステンマンは愉快そうに歯を見せて笑い、ばんばん、とジャラルディの鎧を叩いた。

「あはは。そんなもんは——気にするな。万年砲列長が、わしには似合いだろうて。

それより………」

ステンマンは、仮面の下の目を申し訳なさそうに伏せている青年を見上げ、言った。

「君の要請した爆薬や資材は全て準備したし、工兵も、腕っこきを用意させてある。

ほんとうに——これで、大丈夫なのか？　三倍の兵隊相手に、本気でやるつもりか？」

「はい——充分です。あとは我々が………。——任務を、遂行します」

静かで、そして揺るぎない声で答え、どこか遠くを見つめる青年士官に——ステンマンは、訊《き》こうと思っていたことを——なぜ彼が、我が身と部下の危険を冒してまで、一人の西欧人女性を救出しようとしているのか——その問いを捨て、別の言葉を口にした。

「そうか——。……しかし、あれだな。君は……、変わったな。何というか、変わったぞ」

「——は、はい……？」

「うん。変わった——何というか……、柔らかくなったというか、可愛げが出たというか」

「な、なんでしょうか……？　自分は、別に——………」

ジャラルディは、小柄な砲列長の言葉に、出来の悪い学生のように狼狽えていた。

「あれだな。バスティア公領での軍務の時から、だな——君が変わったのは。ああ、あれだ。あの銀の髪の娘——あれと逢《あ》ってから、君は………。

おっと――揶揄ったり、責めたり叱《しか》ったりしとる訳じゃないぞ。わしは今の君のほうがいいと言っとるんだ。昔の君は、融通が利かないそりゃあひどい唐変木だったんだぞ」

「そ、その……、――ありがとうございます。……そう、ですね…………。

自分は、あの子や――そして色んな友と出会えて、幸運でした――」

「軍隊なんぞ、一生いるには、野暮な場所だ。君だったら仮面を陛下に返上しても……」

ステンマンの説教は、中庭に入ってきた数人の男と、その彼らを背後に従えて小走りにやって来るファルコの姿に中断された。

ほっとしたジャラルディに、ファルコがわずかに自慢げな笑みを見せた。

「僕の部下が戻ってきた――やつら、予想通りに動いてくれたぞ。……お前たち、話せ」

ファルコが合図すると、西欧人の服を着た彼の使用人が前に進み出た。

「今夜、三時に、馬車に積んだ金をフランス商館の前に届けると――伝えました」

「ご苦労だった――。……やつら、酒は？」

ジャラルディの問いに、これはアルメニア商人の服を着た使用人が答えた。

「酒は、全部売ってきました。すでに、飲んで騒いでいるやつらもいるようです」

「この工廠を見張ってたやつらの手下は――始末、しておきました」

ファルコの手下の一人が、紐《ひも》で吊るしたいくつかの耳を見せる。部下の働きに、満足そうに頷いたファルコが言った。

「ここからブロージュめのフランス商館までは、僕の部下を潜ませてある。あんたたち兵隊が動くのをやつらにご注進しようとするやつは——こうだ」

ファルコは、部下の持っていた見張りの耳を、篝火の中に放り込んだ。

「準備は——出来たな」

ステンマンの言葉に、ジャラルディは静かに頷き、そして——巨体に似合わぬ素早さで振り返り、速足で部下たちが蝟集する中庭の中央へ進んだ。

「——総員、整列！　傾注‼」

騎馬の点検をしていたデイヴァッドが、ジャラルディの姿を見、鋭い命令を発した。

その声に、全ての準備を終えていた龍騎兵たちは、何度も繰り返していた点検を止め、ばらばらと駆け足で集まり——整然と、いくつかの組に分かれ、整列を終えた。

ある組は、戦場に出る時と寸分違わぬ重武装をし、ある組は、重ねた鎧と覗《のぞ》き孔《あな》のある大楯《おおたて》で身を固め、また別の集団は闇に溶け込むよう黒い布を体に巻き、何丁もの拳銃と軍刀を体に括っていた——その威容を放つ兵士たちに、ジャラルディが静かなる銃声とでも言うべき声で命令を下す。

「もう一度、作戦を確認する——————。

——第一班は、指揮官デイヴァッド。騎乗し、敵陣周辺への襲撃行動を行い敵軽騎兵を誘導、現地より軽騎兵を切り離し、作戦通り撃滅せよ。

――第二班は、指揮官ブルクハール。先の指示通り屋根に上がり作戦遂行まで待機。第三班の攻撃開始に合わせて突破口を造り商館内部に突入、階段と付近の敵を制圧せよ。再度、注意するが必ず屋根の南側を通れ。北は、月明かりが差す危険がある。

――第三班は、自分が指揮を執る。これより出撃し、先の作戦通り、商館の別棟を占拠後、最初に突入する。一階には人質は、居ない。一階に居る者は、一人残らず殲滅《せんめつ》せよ。

――第四班は、ステンマン殿の指揮下、この場で待機。作戦開始後、第一班の機動に共同し、敵騎兵戦力を撃滅せよ。一騎も逃がすな。その後、帰還した各班の援護をし、負傷者および人質を収容せよ。

――――以上だ。時間合わせを行う。各班の指揮官、時計を」

矢継ぎ早に命令を飛ばす指揮官と、それを受ける兵士たちの群れ――その白い屈強な猛者たちの群れに、ファルコは気味の悪そうな目を向け、そして――何度目かの、この連中を敵に回してしまった時の恐怖を連想した。

龍騎兵の指揮官たちは、ファルコの提供した最高級の懐中時計をそれぞれが手にし、分の単位で精密に、それぞれの指し示す時刻を同調させていた。作戦は、数十分後――。

だが――ファルコは、苛立たしそうに短くなってしまった爪を噛む。

この一団を、カテリーナを救出に向かうこの軍団の威容を見ても、どうしてもファルコには作戦の成功が見えてこずにいた。

彼でも、軍事の基本は知っている——籠城した相手に、二倍以上の敵勢相手に攻撃を掛ける愚、そしてただでさえ少ない戦力を四つに分けてしまう愚——そんな、軍事教練ならば失格どころか笑い者にされるような愚行を——あの百龍長と、その部下たちは行おうとしていたのだ。

もちろん、ファルコもそれには口を挟んだが、しかし——。

「我々には市街戦と、砲を使わない城攻めの経験と戦法がある——信じてくれ」

——という、揺るぎないジャラルディの言葉とあの青い目に、ファルコは反論することができず——そして、作戦の車輪は動き出していた。

「……どのみち——他に賭ける馬はいないということか…………!!」

小さく、独り言で吐き捨てたファルコの目の前で——龍騎兵たちが動き出した。

「——出撃!!　……十二天使よ、忠実なる汝《なんじ》が下僕の戦ぶり、ご覧あれ!!」

騎乗したデイヴァッドが号令を飛ばすと、一群の騎馬が、だく足で進み出した。開け放たれた門の前にあった、対騎馬用の逆茂木や杭《くい》を組み合わせた障害物を工兵たちが動かすと、その合間を騎馬の龍騎兵が、あとには、歩行の龍騎兵たちが工兵と荷馬を従えて続く。

ここ砲兵工廠から、あのフランス商館までは徒《かち》で二十分ほどの距離——。

ファルコは自分の懐中時計を見、あと数十分後に迫った、彼の人生で最大の賭けを前にして——すでに為すべき手段を全て講じた、だが——今となっては、無力で、孤独な自分という現実を思い知らされていた。

「——……ちっ………！」

自分でも気づかぬ内に——ファルコは走り、白い軍勢の中の巨躯に駆け寄っていた。

「……頼むぞ……!!　頼む、姉さんを…………」

その彼に、ジャラルディが歩きながら仮面と、その下の静かな双眸を向ける。

「——君の姉上は、必ず助ける。……あのお方に、唯一神の御加護があらんことを」

その静かな声に——ついファルコは、目を逸《そ》らしてしまい——声を低くして、言った。

「……それと——あんたも、気を付けろ。……死ぬなよ」

「——……？」

ふん、と怒ったように鼻を鳴らし——歩き行くジャラルディの背に、ファルコが言った。

「あんたが死んだりしたら……、
キャスが、彼のことだ——ひどく、悲しむだろうからな。だから——わかったな……？」

「……わかった——」

ファルコは背中ごしに、〝話は終わりだ〟とでも言うように手をひらひらさせると——彼は何か怒ったような足取りで、砲兵たちが待機する営火のほうへと歩いていった。

*

冬の嵐《あらし》のように市街を嬲り、吹き荒れていた東風が、次第に弱まってきていた。

無気味な雲が、分厚い切れ間を覗かせ、そこから——————。

「……月だ——」

狭い裏路地に蝟集した一群が、彼らを白く浮かび上がらせる月をいっせいに見上げた。

「……この風だと——半刻《はんとき》は、このまま月が出ているか、と……」

爆薬を抱えていた工兵が、空気の匂いに鼻をひくつかせ——ガラタの裏路地に潜む、この第三班を指揮する百龍長ジャラルディに、そっと報告した。

ジャラルディは銀の鏡のような月に双眸を向けながら、少し考え——言った。

「第二班が気になるが……、これは守護天使の御加護だな。

——この中で、一番、狙撃《そげき》が巧《うま》いのは誰だ？」

百龍長の声に、射撃に自信のある数人が腰を浮かしかけ、そして——その全員の目が、一人の小柄な龍騎兵へと向けられた。第三班の銃長、ドロッテンが小声で言った。

「……イシュトです。親衛隊一番を選んでも、たぶん、こいつでしょう」

その声に、数人の龍騎兵が頷き、その小柄な兵士をジャラルディの前に出させた。

「昼間だったら俺のほうが上ですが……、イシュトは蛇みたいに夜目が利きます」

「馬鹿言え、ゼロテ——おまえ、やつみたいに百歩離れた風見鶏を撃ち落とせるのか？」

一時、若者たちに戻った兵士らが言い合いをし、それが終わると——。

「よし——イシュト。第一班の援護射撃と、逃亡する敵兵の狙撃を命じる。

ここにある腔綫《ライフル》入りの長銃と弾薬を持てるだけ持て。お前の選んだ装填手《そうてんしゅ》と護衛を二人ずつ連れて、ここから見える、あのキリスト者の教会の鐘楼に登るんだ。狙撃の機会と目標は、おまえに任せる——行け」

イシュトという名の兵士は、遠くに見える鐘楼と、目標となる商館との距離を、組んだ指を計器代わりにして測定し——自信に満ちた目を上官に向け、無言のまま頷いた。彼が、数人の兵士の肩を叩き、長銃を担った彼らを連れて闇の中に姿を消すと——ジャラルディの合図で、部隊は再び闇の中を進む。

人影もなく、生命の気配すら消え去ってしまったかのような市街を進み――、十字路を、数人ずつ固まって走り抜け、熟知した足取りで裏通りを潜り――、

「――ここだ……」

ジャラルディ率いる龍騎兵の一群は、月明かりも届かぬ路地裏で止まった。

*

通称、フランス人地区と呼ばれるガラタの一地区――その土地の、大通りに面した一番良い場所に、ロワール株式会社のフランス商館は建っていた。他の商館と棟続きになったその二階建ての西欧建築は、他の商館や住居を威圧するように大きく、そして最新の流行を取り入れて意匠されていた。

帝国とロンバルディア同盟との間の戦争が勃発した後も、帝国とは中立の関係にあるフランスはこの帝都で交易を続け――ライバルであったヴェネツィアをこの都市から蹴落として、地中海貿易の覇者になろうと目論んでいた。

その布石の一つが――ロワール株式会社の役員、ブロージュ氏の持つ、ここフランス商

館に打たれていた。

戦争の前から、露骨にフランスの国益と栄光に楯突いてきたヴェネツィアの大商人——カラブリア家の私生児であるファルネリウスを破滅させるという、ブロージュ氏の計画は半ば成功したも同じだった。

カラブリアのファルネリウスは、人質に取られた彼の姉の身代金として、すでに莫大な金額を手放していた。それでもまだ、ファルネリウスを破産させるにはほど遠かったが、ブロージュ氏は、同盟者である帝国の大臣ジャンジールと取り引きを——戦時中の貨幣隠匿の罪でファルネリウスを獄に送る——という手筈《てはず》をすでに整えていた。

この陥穽《かんせい》は、完璧《かんぺき》だった——ファルネリウスは、すでに彼らの言いなりだ。


そして、さらに——。

三万デュカートという莫大な身代金が、今、フランス商館へと届けられようとしていた。


「……来ました——金貨を積んだ馬車です」

フランス商館の屋根で、風にかき消されそうなほど低く抑えた声が、走る。

「よし——配置に付け。……しくじるなよ、発破屋《はっぱや》」

「……ぬかせ。下がってろ、月が出てきた。あんたらは目立ちすぎる」

鉛と銅の板、そして瓦《かわら》がびっしりと葺《ふ》かれたフランス商館の屋根の上を、虫か何かのように、服を迷彩した兵士と、工兵たちが動いていた。

見張りが、眼下に見える光景に目を細め、それを逐一報告する。

フランス商館の前に届けられた三万デュカートもの金貨は、三つの頑丈な箱に詰められていた。傭兵たちと、馬を下りた軽騎兵たちが箱に群がり、歓声と嘲罵の混じった笑い声を響かせながら、金貨の箱を商館へと運ぶ。

その喧噪が、屋根の上で伏せている第二班の龍騎兵たちにも聞こえてきていた。

「……やつら、かなり酒が入っているな――いいぞ……」

「灼熱《しゃくねつ》地獄で目を灼《や》かれる前に、しっかり金貨で楽しめよ……!」

第二班の指揮官ブルクハールが、迷彩した彼の部下たちが、仮面の下で不敵に笑う。

その傍らで――工兵たちが、小さな円匙《シャベル》とナイフを使って瓦を剥がし、水を流して漆喰《しっくい》が音を立てないようにして、屋根に、いくつもの穴を開けていた。何かの法則性をもった穴が、簡単な幾何学模様を屋根に描くと、工兵たちはそこに、円錐の形をした爆薬を埋め込んでゆく。最後に、工兵の長が爆薬に信管を埋め込み――そこに瞬発発火性の導火線を、同じ長さになるように注意深く、取り付け――全ての爆薬が、同じ瞬間に起爆するよう、導火線を束ねて、今度はそこに通常の導火線を括り付けた。

「……終わったぞ――もう少し、兵隊を下げてくれ。そこだと巻きこんじまう」

工兵長の言葉に、兵士らは蛙《かえる》のように這い、爆破地点から遠ざかった。兵士たちは身を低くしたまま、体中に括り付けた拳銃の撃鉄を確かめたり、手にした軍刀や手斧を握り直し——あと数分後に迫った突入に備える。

銃長ブルクハールが、金属筒に隠してある火縄をわずかに出し、その小さな火で照らして時計の文字盤を睨み——あと七分——同じ時計を持っているはずの工兵長に頷いた。

＊

永久に乾くことのない、腐臭を放つ汚泥が溜まった裏路地——洞窟《どうくつ》のようなその細道に潜んでいた龍騎兵たちの目に、ぽっ、と暗い赤の火が映った。

ひどく遠くに感じるその灯りは、だが実際には裏通りの向こうで、先行した兵士が灯した合図の火縄の灯りだった。その暗い火は、数度点滅し、隠れている龍騎兵たちに潜入が成功したことを告げていた。

「——…………」

ジャラルディが手を小さく振って合図すると、騎兵銃を構えた数人が先に裏通りに散開し、空間を確保し——そのあとを、数組に分かれて龍騎兵たちが走る。

彼らは目標であるフランス商館の、棟続きになっている東側の館、その裏口に積まれた雑多な木箱や樽の陰に駆け込み、身を潜める。その場に先行していた、体中に黒い帯を巻いた斥候役の兵士が、煤を塗りたくった顔でジャラルディに小さく敬礼した。

「……ここにいた見張りと——巡回していた西欧人は黙らせました。今、部下がこの館の中のやつらを静かにさせています……」

その兵士は、猛禽《もうきん》の爪を連想させる血まみれの小刀で、暗闇の奥を、すい、と刺す。

「……目標の裏口には、四人、います——寝ちゃいませんが、酒が入ってます……」

「——わかった。そいつらは攻撃開始と同時に、君と部下で始末してくれ」

ジャラルディに斥候の兵が頷くと、彼らの背後の闇が、音もなく動く。館の、裏口の扉が開かれると、その奥で遮光した角灯を手にした数人の斥候が手招きをする。

「よし——行け」

第三班の龍騎兵、そして工兵たちは、ジャラルディと共にその館の中に侵入する。

その、フランス商館と棟続きになった館は、同じくフランス系の商人と保険業者が使っている交易所だった。斥候たちは先に、その館に侵入して、泊まり込んでいた男たちを全員、始末してしまっていた。斥候が、毛皮を底にした靴で、音もなく歩いて龍騎兵たちを誘導する。鋲を打った兵士たちの軍靴が、板張りの床でひどい音を立てるが——壁と、扉越しに聞こえてくるフランス商館と大通りの喧噪は、その足音をきれいにかき消してしまうほどだった。

斥候の一人が、扉が開け放たれた部屋の前で、角灯の灯りを回して、合図した。その部屋の前に立ったジャラルディィは、部下から渡された館の見取り図を確認し――兵士たちに頷き、命令を下した。

無言で、一団の龍騎兵が部屋に駆け込み――そのあとを、爆薬を持った工兵が続く。

書庫か何かだったらしいその部屋の中で、兵士たちは慎重に、壁に立てかけてあった書類棚を移動させ、壁を――この館と、フランス商館とを隔てている壁を露出させた。

「――よし。工兵、頼むぞ」

古びた壁紙がへばりつくその漆喰の塗られた壁に、数人の工兵が、兜を外し、蛙かヤモリそっくりの動きで、壁に耳をあてる――。

「……西欧人が…………、何十人も。……ひどい騒ぎです。金を数えているな……」

壁越しに、フランス商館の内部を音で索敵しながら――工兵の一人が、壁のあちこちを指で叩き、その音に神経を集中する。数度、指と耳が行き来した空間に――。

「……見つけた――石代をけちる異教徒に悪魔のほほ笑みを……」

指で叩き、その音で壁の構造を把握した工兵が、石墨で壁にいくつも印をする。その印の場所を、工兵たちは円匙と水を使って音もなく漆喰を掘り――壁に積まれていたレンガに到達すると、それをナイフと指で、やはり音もなく――こじ抜く。

ほんの数分で、壁には何カ所もの穴が、何かの法則性をもって開けられる。その穴に、円錐の形をした鋳鉄製の爆薬が差し込まれ——最後に、工兵の一人がそこに信管と導火線を付けてゆく。

時計の文字盤を見ていたジャラルディに、工兵が小さく敬礼し、声をひそめて言った。

「——爆破準備、完了しました。百龍長殿の兵を、待機させて下さい」

その報告にジャラルディは頷くと、背後の兵士たちに手を振って、合図を送る。

廊下に蝟集していた龍騎兵たちは、銃の撃鉄を上げ、軍刀を抜き——そしてその恐ろしげな集団の中から、古代世界の重装歩兵のように、体をほとんど隠すような巨大な楯を持った一団が進み出て、ジャラルディと共に爆薬の仕掛けられた部屋に入る。

あと二分——再び時計を見たジャラルディは、部下たちが楯で造った壁の後ろに入り、そこで耳をすませながら——一時、目を閉じる。

人質となっている、あの貴婦人のことを考えた時、不意に——、

（…………そうか——、……結局、あの男の言った通りになったわけか…………）

ジャラルディは今まで記憶から欠落していたかのような、あの、地下牢の苦悶《くもん》の中で見た奇妙な夢と、謎《なぞ》めいた盲目の青年の言葉を思い出していた。

（……不思議な夢もあるものだ…………）

夢――――その言葉で、あの美しい貴婦人と、その周囲にあった愛すべき光景を思い出したジャラルディの脳裏に――ふと、銀色の髪の、美しい少女の姿が浮かび上がった。風に嬲られる本の頁《ページ》のような、とりとめのない光景と想いの、捨てられない記憶――。

「……俗物だな………、――自分は…………」

小さく、笑いと共に漏れたそのジャラルディの言葉に、大楯を支えていた兵士たちが、ぎょっとして彼のほうをいっせいに見た。ジャラルディは、気まずそうに手を振りながら、

「……すまない。何でもない――」

ジャラルディが言った時だった――――。

身を潜める龍騎兵たちの耳が、遠く――商館の喧噪とは別の方向から響いてくる、遠雷か地鳴りのような轟《とどろ》きを――それが、次第に大きくなってくるのを聞き取っていた。

「――デイヴァッドたちだ。……予定通りだな――十二天使よ、ご覧あれ……」

ジャラルディが小さく手を組み、天に祈りを捧げると、部下の龍騎兵たちもいっせいに天を仰ぎ、祈りの言葉を低く、つぶやいた。

＊

フランス商館の一階は、興奮した男たちの哄笑《こうしょう》や怒声が無数に飛び交う、世界中の罰当

たりな酒場と賭博場をここに全て集めたかのような有様になっていた。

一階の広間に持ち込まれた身代金の箱は、即座にこじ開けられ、そこから新品のデュカート金貨の輝きが溢れると——傭兵たちは、最低の家畜でも目を背けたくなるほどの浅ましさと勢いで金に群がった。その金貨を、士官と、この商館の持ち主ブロージュ氏が数え、それを殺気だった兵士たちに渡してゆく。

それでも——三万デュカートは輝きの量をほとんど変えなかった。

傭兵たちは約束されていた一人頭十デュカートの金貨を受け取るために、先を争って、士官と護衛たちが守る金箱の周囲に群がっていた。その光景は、街路で警戒に当たっている軽騎兵たちの間でも、ほとんどまったく同じに繰り広げられ——。


「——…………!!」

階下からの喧噪、そして、金とは別の欲望をたぎらせた男たちの哄笑が、恐怖に凍てついた、女のか細い悲鳴をかき消す。その悲鳴に——また、男たちの笑いが爆ぜる。

「い……、いや……、や、やめてください………!」

カテリーナは、男たちの群れと、背後の壁との間に閉じこめられ、後ずさることも出来ずに、ただ、恐怖と懇願で染まった瞳をさまよわせていた。

彼女の前で、傭兵隊長のアベラールと部下たちが、酒臭い息と嘲笑を女に吐きかけながら、嬲るようにじわじわと、身動きできないカテリーナに詰め寄る。

「へへっ、三万も頂いちまったからなあ。たっぷりお礼してやらねえとな」

「な、なんです……⁉　来ないで、ください……！」

すでに、カテリーナの拒否も悲鳴も、獣じみた男たちをただ喜ばせるだけだった。

「小娘みてえな声出しやがってよ……‼　ああ、たまんねえ……‼」

傭兵の一人が卒中でも起こしたように呻くと、男は持っていたマスケット銃を投げ捨て、その手でカテリーナに襲いかかる。恐怖に硬直し、赤子のように身を固くしたカテリーナのドレスに、男のどす黒い手指がめり込み——布と、彼女が悲鳴を上げる。

「ひっ……‼　いっ、いやあああっ………‼」

裂かれたドレスの胸元から、目を刺すような薄肌色をした乳房がこぼれ——男たちの目が、ぎらついた光を放ってカテリーナの裸体を犯す。

「すげえ！　おい、さっさと剥《む》いちまえ‼」

他の傭兵たちも自分の武器を投げ棄て、ある者は剣帯まで捨てて、哀れなカテリーナに飛びつき、群がった。

「っ、あ……！　ああーっ‼　や、やめ、てえーっ………‼」

容赦のない力で手足を捕まれ、こじ開けられる——肌を裂くような男たちの暴力と視線、狂気じみた哄笑や嘲罵——痛みと恥辱に、カテリーナの固く閉じた瞳から涙が溢れた。

「ははは。いい眺めだなあ！　あ⁉　おい、もっとよく見せんか！」

傭兵隊長の罵声に、部下の傭兵たちは悪魔の面のように引き歪んだ顔で笑うと、力無いカテリーナの腕をねじ上げ──両の脚を、最悪の形になるまで押し広げる。

「いっ、いやあっ……‼　お、おねがい、やめ、て………！」

絶望と、涙に汚れたカテリーナの顔が狂ったように振られ、無意味な哀願の悲鳴を漏らす。だが──それに答えるのは、獣じみた哄笑だけだった。

傭兵の一人が、犬のように這ってカテリーナの両脚の間に頭と、手をつっこみ、かろうじて彼女の太腿《ふともも》を守っていたドレスを力任せに引き裂いた。

「ひっ……！　あ、あ………」

あまりの恐怖に気を失いかけたカテリーナの目に──男たちに晒された自分の脚と、そして下着がへばりついた恥部が映る。震える唇の奥で、悲鳴すら凍り付く。

「うへっ、すっげええ！　すげえ美味《うま》そうじゃねえか！」

知性のかけらもない歓声をあげた傭兵が、容赦なく、カテリーナの太腿の奥でよじれていた下着に汚い手指を食い込ませる。

「……やっ、いやあああっ！　……あーっ‼」

カテリーナは火がついたように叫び、もがくが──恥部に食い込んだ男の手指は、絹の下着を無残にずらし、それが最後まで守っていた彼女の性を曝《さら》け出《だ》させる。

この薄暗がりの中でも、真っ白な腿の奥に隠れていたふくらみと淡い恥毛が、さらにその奥の、果実の芯《しん》のような肉唇が、獣じみた男たちの目で嬲り尽くされる。

「ハハッ！　誰だよ、ヴェネツィア女は横に裂けてるなんて言ったやつはよ⁉」

「うわ、すげえ、すげえすげえ……‼」

「きれいなモンだな！　尼さんのまんこみてえじゃねえか！」

雄《おす》たちは——カテリーナを押さえている者も、視姦《しかん》していた者も、股間《こかん》に燃えた石炭でも入れられたかのような勢いでズボンを下ろし、前を開け——恐怖と涙で汚れた貴婦人の目の前に、怒張した肉塊をさらけ出す。

「……⁉　い、いや、いや…………！　ゆ、ゆるして……、や…………」

目を閉じ、顔を背けたカテリーナの細い顎に、男の指が食い込んで仰《の》け反《ぞ》らせる。

「ちゃんと見ねえか！　おら、歯ァ、へし折るぞ……！」

滑稽《こっけい》なほどに怒張し、そそり立った勃起《ぼっき》を揺らし、その男は涙と恥辱で染まった女の顔を自分の股間にねじ当てようとする。

その無残な陵辱《りょうじょく》の図に——隊長のアベラールがペッと唾を吐き、部下を押しのけた。

「退《の》け——最初は、わしだ」

興奮で充血した顔に薄ら笑いを浮かべて、アベラールはカテリーナの前に、立つ。

「ヴェネツィア女を犯るのは久しぶりだわい。どれ——」

アベラールはズボンの前の袋を開き、そこから、酒瓶ほどあるねじくれた勃起を引きずり出す。包皮をめくり、腐臭を放つどす黒い亀頭《きとう》を露出させ――男は陵辱の期待と歓喜にうめき声を上げた。

「どれ、初物かのう？　処女を破瓜《はか》すと、病気が治るからなぁ」

勃起をしごきながら、アベラールは鎧を付けたままの太鼓腹でカテリーナにのしかかる。

「い、いやあああーっ！　たすけてえっ、たすけて！　あ、あ…………！」

歯茎の腐った息と、男の体臭がカテリーナを襲い、その悪臭の中で彼女のドレスは再び無残に破り裂かれ、下着すらも、ちり紙のようにむしり取られてしまう。

巨大なひき蛙のようなアベラールに押《お》し拉《ひし》がれたカテリーナの姿に、傭兵たちは舌打ちしながらも、哄笑を張り付けた顔で手淫《しゅいん》をし、笑い、呻く――。

「さっぱり濡れとらんな。情けの薄い女だて――」

アベラールが手のひらに、べっと大量の唾を吐く。

その手が、カテリーナの恥部にねじ当てられる――その瞬間、

……U――U……rAAAAA…………。

「な、なんだ!?」

一瞬で、獣と化していた男たちが凍てつき——猛禽の羽ばたきに脅えた鼠のようになって、慌てて周囲を見回した。

傭兵たちを、魂の奥から戦慄《せんりつ》させたその音は——声は————。

「あ……!? あ、ありゃあ!? 親分……!!」

窓辺に向かっていた傭兵が、驚愕に見開いた目を外に向け——声を震わせた。

「し、親衛隊……!? 親衛隊の騎兵が……、——来ます……!!」

「なんだとおっ!?」

男たちは腰を浮かせ——そして、外の夜闇の奥から轟いてくる、彼らと手を組んだ軽騎兵のそれとはまったく違う、銅鑼《どら》を連打するような重々しい馬蹄の響きに——気づく。

「あ、ありゃ……、——龍騎兵ですっ、隊長!」

＊

金貨を受け取り、この数日でずいぶん金持ちになった軽騎兵たちは——トラキアの戦場で数年間の略奪行をするよりもはるかに稼ぎ、楽をした彼らは、フランス商館の前に焚いた営火の周囲で踊り狂い、酒を飲み——この幸運を唯一神に感謝していた。

早くも酔いつぶれてしまった者や、浴びるように酒をおある者、そしてさっそく賭博《とばく》に金をつぎ込んでいる者――営火の周囲は、商館の内部に負けず劣らずの騒ぎになっていた。

西欧の軍隊に〝走る黒死病《ペスト》〟と恐れられる彼ら軽騎兵も――。

敵のいないこの帝都で、濡れ手に粟《あわ》の金をつかめたこの夜が、彼らを油断させていた。


ふと――見張り役の、騎乗した軽騎兵の一団が――巡回の歩みを停《と》めた。

「……なんだ？」

月の明かりが、深海の遺跡のように陰影を浮かび上がらせている市街を――海溝のような漆黒の闇が満ちた大通りを、何か――霧か、幽鬼の群れのようなものが、進む。

その白い影の群れに、軽騎兵たちが不審の目を向けた時だった。

かすかに風を切る音――それが消えた瞬間、先頭にいた数騎の軽騎兵が、

「――ぐえ！」

串焼きの鳩《はと》か何かのように、上空から振ってきた鋼鉄の投げ槍に体を射抜かれ、落ちる。

一瞬、何が起こったか理解できなくなっていた彼らの耳を――無数の馬蹄が街路を打ち砕き、速歩で疾走する、落雷のような音がつんざいた。

「――敵!?　……あれは!?」

軽騎兵たちが、雪崩《なだれ》のように突進してくる白い影の群れを――それが、親衛隊の騎馬、龍騎兵の一群だと気づいた時――龍騎兵たちの放った投げ槍が、さらに数騎の軽騎兵を落

馬させていた。

「……──うっ⁉　龍騎兵が──」

軽騎兵の一人が驚愕に目を見開き、警報用の喇叭《らっぱ》を吹く。だが──。

「Ｕｒ──ｒＡＡＡＡＡ‼」

聞く者全ての魂を凍てつかせる、親衛隊の雄叫《おたけ》びが闇の中、炸裂《さくれつ》し──馬蹄の轟きも、警報も、そして恐慌をきたした軽騎兵の悲鳴すらも、津波のように飲み込んでしまう。

「──突撃！　止まるな、踏みつぶせ‼」

投げ槍を放ったデイヴァッドが、部下と共に吶喊《とっかん》し、騎馬を突撃させる。

馬首を巡らし、逃げようとしていた見張りの軽騎兵たちは、脅えた馬に拍車をかける前に、津波のような龍騎兵の突撃に飲み込まれた。

まったく速度を落とさない龍騎兵たちに、すれ違いざまに軍刀で鉄兜を叩き割られ、落馬した所を馬蹄にかけられて──哀れな軽騎兵たちは、死体すら粉砕されて──消える。

その白い津波は、矢のような速度でフランス商館に迫る──。

「──くそっ⁉　なんで龍騎兵が⁉　見張りは何してやがった⁉」

営火の周りで幸運を謳歌《おうか》していた軽騎兵と傭兵たちが、馬蹄の轟く方向に目を向け――そして闇の奥から、死神の隊列を思わせる白い騎馬の群れが突撃してくるのに気づく。

「……き、来た!!」

恐慌をきたしかけた男たちは、慌てて武器を取り、自分の馬を捜し――ある者は恥も外聞もなく、悲鳴を上げて商館に逃げ込んでいった。

*

「――龍騎兵だとお!? どういうことだ!?」

傭兵隊長アベラールは――気を失ってしまい、屍《しかばね》のようになったカテリーナの上に跨《また》がったまま、怒声を上げた。未だ怒張したままの勃起をさすりながら、アベラールは何かを食いちぎるような口調で呻く。

「くそ! あのカラブリアの青胡瓜が! 謀りよったか……! ――阿呆《あほう》が!!」

「隊長、やつら……!! 来ます!!」

「馬鹿が、慌てるな!! 龍騎兵が何だ――どうせあの若造が金で雇ったんだろうが、素人め! 騎馬だけでわしらを叩く気か! 阿呆が、返り討ちじゃあ!!」

アベラールは射精した時のように呻き、吼《ほ》え――部下たちを叱咤する。

「どうせやつらは数がおらん！　こっちには軽騎兵もおる！

——びびったやつぁ、わしがぶっ殺す！　おまえ、下に行って反撃を指揮しろ！」

傭兵隊長の命令に、彼の副官は唾を飲み——慌ててズボンを上げ、自分の剣帯をひっつかんで階下へと走ってゆく。アベラールは唾を吐くと、血の気の失せた顔で立ちつくす傭兵たちを、じろり、睨んだ。

「このへボ魔羅《まら》どもが——よう見とれ。お前ら玉無しに女の扱いを教えてやるわ」

アベラールは脈打つ怒張を握り、しごくと——ぐったりしたカテリーナの尻を両手で持ち上げる。男の野太い腕が、こじ開けた白い腿の奥を、ぐい、と引き寄せた。

「ふん、あの若造が……！　邪魔しおって——。

——首じゃつまらんな。この女、顔の皮剥いで、そのまま送り返してくれるわ……！」

カテリーナの処女に、赤黒い腐肉がねじ当てられ————。

＊

「——点火!!」

かちりと、三時を差した時計盤から目を放し、ジャラルディが命じた。

工兵が火縄を導火線に押しつける。黄色い閃光が弾《はじ》け、走る――――。

ジャラルディと工兵、そして最初の突入隊が楯の壁の後ろに隠れた。

それと同時に、

「――伏せろ!!」

商館の屋根で、工兵長は小さく叫び――瞬発発火性の導火線に点火した。

商館の壁と、屋根に仕掛けられた爆薬は、ほぼ完璧に同調して――爆発した。

ずうううん!! ――――――爆風と衝撃、轟音が、世界を叩きのめした。

「――ぐ……!? ぐわ! な、なんだ!?」

フランス商館は、地震に襲われたように揺れ、ばりばりと震え――その衝撃でアベラールの腕からカテリーナが転げ落ち、人形のように倒れる。

よろめき、衝撃でふらつきながらも、アベラールは這いずり、立ち上がった。

「た、大砲、か? 爆弾――」

訳が解らなかった。何が起こったのか――起ころうとしているのか、まったく解らなかった。揺れる建物の壁や天井から、埃《ほこり》や漆喰の破片が舞い散る。

＊

「——始まった!!」

フランス商館の屋根に、一瞬、赤黒い閃光が、そして火山のような爆煙が吹き上がったのを見た狙撃手は——教会の鐘楼に陣取ったイシュトと龍騎兵たちは、小さく叫んだ。

その彼らの眼下では——営火の周囲で恐慌に陥っている軽騎兵と傭兵たちの姿が、鼠か虫の群れのように小さく見えていた。そのばらばらの集団に、

「副長たちだ——。……こっちも始めるぞ！」

イシュトが指さす方向から、第一班の騎馬部隊が突撃する。龍騎兵の騎馬隊は、破城槌《はじょうつち》のように矢尻型の陣を組んで進み、そして——、

「……止まれ——射撃、用意!!」

デイヴァッドの号令が響くと、龍騎兵たちは、なぜか——そのまま突撃、蹂躙《じゅうりん》することをせず、騎馬の速度を落とすと——ほぼ全員が、肩から騎兵銃を下ろし、手に持つ。

白い津波は——逃げまどう軽騎兵たちの数十歩前で、壁のようになって停止した。

「……連続射撃!!　構え!!」

デイヴァッドの命令が飛ぶのと同時に、龍騎兵たちは騎乗したまま、一斉に銃を構える。

「——撃てぇッ」

営火を背に浮かび上がる、逃げまどう男たちに向けて——前列の龍騎兵が銃火を開いた。バチバチと鋭い銃声が無数に弾け、硝煙の中に、次々と錆色の銃火がはためく。前列の龍騎兵が射撃を終えると、その後列に控えていた騎馬がすかさず前進し、発射——それが隊列の数だけ繰り返され、数十の鉛玉を、死の弾幕を次々と敵に浴びせかける。

悲鳴と、絶叫と、断末魔——銃声がそれに応《こた》え、再び——悲鳴と、銃声。

運良く弾丸を逃れ、逃げようとする傭兵たちもいた。全てを捨てて走り去ろうとする男たちには、その頭上から——別の死が、容赦なく襲いかかる。

腔綫銃独特の鋭い銃声と共に、鐘楼からの狙撃弾が逃げる兵士たちを、そして反撃しようと銃を構える傭兵を、算盤《そろばん》でも弾くように機械的な正確さで、次々と倒してゆく。

数人、鐘楼の銃火に気づいて反撃の銃火を向ける者もいたが——百歩以上離れた、しかも上空の暗闇に溶けた狙撃手を撃ち倒すのは、月を狙うのと同じほどに無意味だった。

「——撃て撃て。そうやって隠れ場所を教えてくれ……」

四人の仲間たちが次々に弾を込めては手渡す長銃を受け取り、狙い、撃ち——狙撃手のイシュトは、眼下の死体を一弾ごとに増やしていった。

＊

ばりばりばり…………!!

爆発の衝撃が、容赦なくジャラルディたちに襲いかかり、飲み込む。

「――…………!!」

兵士たちの大楯が爆圧で吹き飛ばされそうになり、その陰に隠れていた彼ら突入隊は、すさまじい衝撃と轟音《ごうおん》で全身を叩きのめされ、一瞬、全ての知覚と意識を失いかける。

爆薬を仕掛けた部屋にいた龍騎兵と工兵たちは、もうもうたる爆煙と、粉砕された建造物が放つ埃の津波に飲み込まれ、呼吸すら危うくなった。

その男たちの、未だ衝撃で白濁している意識に――、

「――Uraaaaaa…………!!」

爆発のそれよりも、はるかに衝撃力のある雄叫びが炸裂し、兵士たちの耳朶を打った。

魂を震わせる、その親衛隊の雄叫び――百龍長ジャラルディの、どんな叱咤や命令よりも強烈なその一声は、瞬時に男たちの意識を覚醒させ、彼らを戦闘機械へと変えた。

大楯の後ろで立ち上がり、それを構えた突入隊が前進する。彼らの視野は、暗闇と、濛々《もうもう》たる煙と埃で未だ閉ざされていたが――その煙の奥からは、西欧人たちの絶叫と悲鳴、そして困惑に満ちた怒声が聞こえてきていた。

進む突入隊の前に――爆破された壁が、禍々しい破孔をどす黒く広げている――。

「……投擲《とうてき》!!」

ジャラルディが鋭く命じると、突入隊の兵士たちは、影絵のように揃って動き、楯の後ろに括り付けてあった手投げ弾を掴み――導火線を火縄にこじ当てる。

さっとジャラルディが手を振り下ろすと――破孔の奥、西欧人たちの悲鳴が渦巻く闇の中へと、いくつもの手投げ弾が導火線の残像を残して――投げ込まれる。

突入隊は、再び大楯の後ろに身を潜める。その瞬間、
ぐわ、ぐわん!! ――闇の奥で手投げ弾が爆発し、重なり合った金属的な爆音が闇を震わせる。爆風と銃弾のような破片が、ばらばらと大楯を叩きのめす。

「――突撃!!」

ジャラルディは、軍刀を抜きはなち――吼えた。部下たちは銃を構え、刀を握り、

「Uraaaaaa!!」

人間のものとは思えない鬨《とき》の声をあげ、龍騎兵たちは爆煙の奥に、フランス商館へと雪崩れこむ。手投げ弾の爆発と、威力を増すために爆弾を簀《す》巻《ま》きにしていた釘《くぎ》は、突入孔付近の西欧人たちをなぎ倒し、即死させ、あるいは手ひどく負傷させていた。

「なっ、な……!? なんだ――――」

恐慌に陥った商館の広間を、目を刺す爆煙と衝撃が飲み込み、走ると――、

その背後から、魂を凍りつかせる咆哮《ほうこう》と共に白い影が現れ、傭兵たちに突っ込む。

「う、うわあああっ……!?」

外の、龍騎兵騎馬隊と軽騎兵との戦いに注意を向けていた傭兵たちは——この爆発と、そして壁を爆破しての突入という予想もしなかった奇襲に晒され、完全に恐慌をきたしていた。武器を取り、銃を構えて交戦しようとした途端、手投げ弾の爆発と破片に叩きのめされ——戦意も、理性すらも吹き飛ばされた傭兵たちの群れに、龍騎兵が襲いかかる。

大楯の突入隊は、楯で壁を造りながら前進し、その周囲にいた、まだ生きている敵兵を軍刀でなぎ倒す。その背後に龍騎兵が続き、工兵たちも円匙や金槌《かなづち》を手に、走る。

「ば、馬鹿野郎！　逃げるな!!　戦うんだ…………!!」

虫か何かのように逃げまどう傭兵たちの中には、立ち直り、武器を取って戦おうとする者もいたが——ほとんどの傭兵は、すでに命令を聞けるような状態ではなかった。剣を抜き、逃げる部下を叱咤していた男が——叫ぶ。

「くそっ!!　隊長を呼……」

その顔面が、龍騎兵の拳銃が放った散弾で血まみれの肉塊になって飛び散る。

「投擲!!　伏せろ!!」

帝国語の命令が阿鼻叫喚《あびきょうかん》の中を貫くと——再び、逃げ道すら失って押し合う傭兵たちの間で、手投げ弾が死の爆炎と鉄片をまき散らし、目を背けたくなるような惨禍《さんか》を広げた。

恐怖に魂を冒され、這いつくばって逃げ、あるいは子供のようにうずくまって震える男たちを、龍騎兵の群れは容赦なく蹂躙してゆく。

軍刀や手斧で頭蓋《ずがい》を、背中を、腹をたたき割られ、銃床で顔面を潰《つぶ》され――負傷して倒れ、呻くものは軍靴で踏みにじられ、頸骨《けいこつ》を踏み砕かれて――白の一隊が進む背後には、一方的に虐殺された死体が、どす黒い影となって残される。

「――逃げんじゃねえ！　……敵は――少ねえ！　ぶっ殺せ!!」

フランス語の罵声が、何とか残っている兵士らを集結させるが――ほとんどの傭兵は、恐慌をきたして逃げまどい、龍騎兵に蹂躙され、あるいは悲鳴を上げながら二階へと逃げてゆく。裏手から外に逃げた者もいたが――死の陥穽は、そこでも男たちを捕らえる。

ジャラルディィは血まみれの軍刀を振るい、敵兵を斬り捨て――号令を飛ばす。

「三人、自分に続け！　他の者は一階を制圧しろ!!」

階段の方向へと走るジャラルディィに、数人の龍騎兵が続く。その行く手を遮ろうとした傭兵たちに、大楯を捨てた突入隊が襲いかかる。剣や斧槍を構えて針鼠のようになっていた西欧の兵士たちに、龍騎兵は突っ込み――刃を交える寸前で、持っていた拳銃をいっせいに構え、傭兵たちの群れに、容赦なく鉛弾と屑鉄の散弾を放つ。

「ひ、ぎゃあああ!!　――…………!!」

銃声と絶叫。耳を塞《ふさ》ぎたくなるような悲鳴と断末魔――それに、刃と刃が咬《か》み合い、そして肉に食い込む剣戟の音が取って代わる。

傭兵たちは、恐慌から立ち直りつつあったが――だが、武器を取り集結する前に、一丸となった龍騎兵の隊列に飲み込まれ、何も出来ないまま踏みにじられてゆく。

広間のあちこちで、倒れたランプや角灯が火災を起こしかけ――いくつもの炎が、地獄の光景そのままの惨劇を浮かび上がらせ、燃える。

それを予測していた工兵たちは、牛の生皮を抱えて、火を消すために走る。その工兵たちの一隊の前に、ふらふらと――か細い人影が、よろめき、立ち塞がった。

「た、助けて……！　助けてくれ………。

私は――、……フランスの、君たち帝国の皇帝と同盟関係にあるフランスの――」

奇跡的に、爆片も銃弾も浴びていなかったブロージュ氏の顔面を、工兵の円匙がぱっくりと叩き割った。ひゅうう、と拙《つたな》い笛のような悲鳴を漏らした商館の主は、金箱の上に倒れて、輝く金貨の山を脳漿《のうしょう》と鮮血でどす黒く汚した。

＊

大通りでは、一方的な銃撃に晒されていた軽騎兵たちがようやく体勢を立て直していた。

数十の仲間が死体や重傷者になって散乱する街路に、馬を牽《ひ》く軽騎兵と傭兵たちが姿を

現す。激怒と興奮で、顔と目を充血させた野獣じみたその男たちの前で――、
突然――。

屠殺《とさつ》に等しかった、龍騎兵からの銃撃が――止んだ。

「――よし!! 反転!!」

たった今、自分たちが生み出した阿鼻叫喚の目前で――デイヴァッドは号令を掛け、部下の騎馬と共に馬首を巡らす。そして白い騎馬隊は、そのまま、軽騎兵たちに背を向けて街路の闇を、整然と後退していった。

信じがたいその光景を、呆然《ぼうぜん》と見ていた軽騎兵たちが、一瞬後、

「――……!? ……!!」

帝国辺境の言葉で、罵声と怒号が膨れあがる。軽騎兵、そして馬を持っている傭兵は、我先に馬を駆り、龍騎兵たちの白い残像めいた影を、追う。

「ふざけやがって! 踏み殺せ!!」

龍騎兵は、数十騎――逆に、一方的に打たれまくったとはいえ、軽騎兵たちは未だに百近い数が残っていた。そのほとんどが、怒りに我を忘れて龍騎兵を追う。

龍騎兵の一隊は、速歩で大通りを駆け抜け、ガラタの高台を進む。闇の中に、馬蹄が石畳を砕く火花が蛍火のように舞い散る。その白い影に向かって、背後の軽騎兵たちが馬上から矢を放った。

「――止まるな！　進め!!」

殿《しんがり》を走っていたデイヴァッドが叫ぶように命じる。その彼と、部下の周囲にも気味悪い音を立てて矢玉の雨が襲いかかる。一人の龍騎兵が、首筋に矢を受けて転げ落ち――その体を抱き留めようとしたデイヴァッドも、腕を鋭い矢に射抜かれた。

苦痛に呻きながら、デイヴァッドは馬に拍車を入れ、部下たちと共に駆ける。軽騎兵の群れは、次第に距離を詰め――そして二つの集団は、ガラタの高台を越え、ボスポラス海峡に望む東地区へと進む街路を、駆ける。

不意に――。

龍騎兵たちは突然、何の号令も無しに一つの十字路を右に折れた。見事な、水の流れるようなその機動は、明らかに最初から計画されていたものだったが――不幸な軽騎兵たちと乗馬傭兵は、それを見抜くことが出来なかった。

十字路で、味方同士でぶつかり合い落馬するような混乱が起きるが、それでも軽騎兵たちは白い軍勢を、追う。海峡まで追い詰めれば、あとは復讐《ふくしゅう》と殺戮が楽しめる――そう確信した軽騎兵たちは、龍騎兵の群れを百歩ほどの距離まで追い詰め――――、

「――……!?」

龍騎兵たちは、暗闇にぽっかり開いた、何か冥府《めいふ》への入り口を思わせる、赤黒い炎が投げる光芒の中へと駆け込んで――消えた。訳が解らず、それを追う追跡者たちが、

「……⁉　やつら、基地に――」

砲兵工廠の、開け放たれた門の中に龍騎兵の殿が駆け込むと――慌《あわ》てて、軽騎兵たちは手綱を引いた。疲労し、口から泡を飛ばした軽騎兵の馬が何騎も竿立《さおだ》ちになって止まる。そこに後続の騎兵と、傭兵たちが押し寄せてしまい――工廠の門から伸びる通りには、神でも救えないほどの大混乱が起きていた。

「何で止まるんだ！　突っ込め‼　あの基地ごと焼き払ってやる‼」

傭兵たちの罵声、馬の耳障りな嘶《いなな》き、馬蹄があわただしく踏みならされる音に――、がらがらがら……、――と、歯に響くような重々しい音が、どす黒くそびえ立つ工廠の門の奥から響き、そして一瞬後――軽騎兵たちはその音の意味を悟り、凍り付く。

「――…………‼」

辺境語で、悲鳴と絶叫が走る。逃げようと、混乱の中で必死に馬を鞭打つ軽騎兵たちの前に――嫌な音をたてている物体が、巨大な、禍々しい影を現す。

工廠の開け放たれた門に、二門の野戦砲が引き出され――砲兵たちが牽引《けんいん》し、梃子《てこ》で押す十二ポンドの砲口が、ぴたりと、大通りで繰り広げられる大混乱を狙う。

ようやく、自分たちが最悪の罠《わな》に嵌《は》められたことを知った軽騎兵たちが、悲鳴を上げて馬を駆ろうとするが――一本道で、両側を民家の並びに塞がれたその場所では、誰も、逃げることすら出来ずにいた。

ステンマン砲列長は、あらかじめ照準済みの位置に砲を停めさせると、兵士たちを砲の後座位置から下げさせる。

「深追いしたお前らがいかんのだ――往生せいよ」

死者を悼む祈りの言葉をつぶやきながら、砲列長は手を振り下ろした。砲手たちが、火縄の付いた点火棒を、さっと大砲の火門にねじ当てる。

Z!! Baaaaaa………nnn!!

帝都の闇を、凄《すさ》まじい砲声が劈《つんざ》くように走る。大通りを舐《な》め尽くすような砲火とともに砲口から吐き出された鉛の散弾と屑鉄の束は、死の突風となって軽騎兵たちの群れを引き裂いて、青草を利鎌で薙《な》いだように――馬と、人間が、ただの肉片にされて倒れ臥《ふ》す。

一撃で、半数以上の騎馬が失われた軽騎兵と傭兵の眼前に――最悪の光景が広がった。

「――……Uraaaaaa………!!」

濛々たる砲煙が漂う砲の背後に――囮役から、追撃手へと立場を変えたディヴァッド指揮の龍騎兵が、再び姿を現し、抜刀――すでに戦意を喪失した軽騎兵に突撃を開始した。

＊

ジャラルディが率いた龍騎兵の一弾は、フランス商館の二階へと続く階段を確保し、そ

こにいた数人の傭兵と切り結び、沈黙させると――、

「……第一天使《ガブリアール》‼」

爆煙と闇が視界を塞ぐ階段を、彼らは合言葉を叫びながら駆け上がる。

不意に、彼らの目の前に、闇よりさらに黒い、いくつもの人影が現れる。一瞬、軍刀を
その影に叩きつけようとしたジャラルディィの部下たちの耳に、

「……第十二天使《アスラフィル》‼」

きわどく、聞き覚えのある声が合言葉を叫び、兵士たちの刃を止めさせた。

「――ブルクハールか⁉　状況は⁉」

ジャラルディィの声に、ちかっと、闇の中で遮光した角灯が灯りを漏らし、周囲の闇と数
人の龍騎兵たちを照らし出す。血塗《ちまみ》れの手斧を持ったブルクハールが、息を切らし、

「半数の部屋は制圧！　あとは――」

報告しながら、廊下の奥へと続く闇を手斧で指し示した。

「――人質が居るはずの、執務室はこの先です！　百龍長殿、指揮を！」

「よし――君のほうの損害は？」

「軽微です！　フランティースが脚をやられて、奥に残ってるだけです――」

報告を受けながら、ジャラルディィと部下たちは廊下を進む。あの地図と、そして子供た
ちの情報が正しければ――人質は、カテリーナは奥の執務室に監禁されているはずだった。

（――早く、早く！　急がなくては…………‼）

ジャラルディは、焦って先走りそうになるのを必死に堪え――部下を連れ、一つずつ部屋を虱潰《しらみつぶ》しにしてゆく。早く人質を確保しなくては、激昂した敵に殺されてしまう危険があった。だが、人質が部屋を移されている可能性や、別の部屋に隠れている敵に背後から襲われる危険を無視することは出来なかった。

廊下を走るジャラルディの隊は、扉を見つけるたびに、それを大斧で破り、内部を角灯で照らす。三つ目の扉を叩き破った時――、

「ぐ……‼」

不意に、扉の奥から数発の銃声が響き――斧を振り下ろした兵士が、胴鎧を射抜かれてもんどり打つ。西欧の男たちの悲鳴と、絶叫が爆ぜるその部屋の奥を、舌打ちしたブルクハールが床に這いつくばった姿勢でのぞき込む。

「――人質、無し‼　投擲‼」

ブルクハールの声に、彼の部隊の兵士たちが手投げ弾に点火し、一呼吸、導火線を燃やしてから――それを、傭兵たちが立てこもった部屋の中に投げ込んだ。

悲鳴、そして――建物をばらばらにしてしまいそうな爆発と衝撃が走る。部屋から爆煙が溢れると、龍騎兵たちは沈黙した部屋の中に駆け込み、まだ息のある者を始末する。

撃たれた兵士を抱えたジャラルディは、小さく首を振ってその骸《むくろ》を床に置き――その兵

士の大斧を片手で持って、進む。

「——ここだ……！」

廊下の奥——他とは違い両開きの扉の前で、ジャラルディと部下たちは止まった。

（……ここに——あの方が…………）

返り血と硝煙《しょうえん》で、どす黒く染まった仮面で頷き——兵士たちは、扉の両側に散る。そして、ジャラルディとブルクハールが斧で、扉の蝶番《ちょうつがい》を殴り、打ち壊す。

木材と、金具が裂ける音が響き、扉が軋むと、

「……ひっ、ひいいいっ！　く、来るなあっ！」

部屋の中から、銃声が、そして西欧人の罵声が響いた。

銃弾は、壁を貫いてどこかに消える。それに構わず、斧は破壊を続け——そして、ジャラルディが扉を蹴破った。

「——進め!!」

部下たちの楯となって、ジャラルディは蹴破った扉ごと、その執務室へと躍り込んだ。

その彼の目に――部屋の中、隊伍《たいご》を組む西欧の傭兵たちが、そして――。

「……姫――」

中央の、屈強な男の腕が、場違いなほどに鮮やかな色のドレスを――引き裂かれたそれが、痛々しくまとわりついた美しい白い肌を――カテリーナを、我が身の楯にして抱きかかえているのが、ジャラルディの目に飛び込んできた。

動きを止めたジャラルディの周囲に、抜刀し、銃を構えた部下たちが続く。だが彼らも、人質が敵の腕の中にあるのに気づき――憎悪の呻きを上げて、足を止める。

(……まさか、死んでしまったのか――)

ぐったりした貴婦人を抱え、むき出しにされた乳房に手甲をした指を食い込ませていた男が――傭兵隊長のアベラールが、動きを止めたジャラルディに吐き捨てる。

「よくも……！　なめくさったマネ、してくれたなあ！　おっと、動くな怪物どもが」

聞き取れないほど汚いフランス語に、だが――ジャラルディが、一歩、進み出て言った。

「――お前たちはもう、終わりだ。

階下にいた傭兵たちは殲滅した。あとはお前たちだけだ。人質を放し、投降するのなら生命は保証する。そして帝国の律法による裁きを……」

その、激情を抑えたジャラルディの言葉を――アベラールの唾棄《だき》と嘲笑が遮った。

「……ハハーハ！　馬鹿かてめえ。この女を手放したら八つ裂きにされることくらいお見通しよ！　……しっかし、この地獄野郎共――本気でてめえら…………!?」

アベラールは、世界中の憎悪を集めたような目でジャラルディと、そして腕の中で気を失っているカテリーナの顔を睨みつけた。

「本気で――こんな女、一匹助けるために……、わしの可愛い尻の穴どもを殺しやがったのか……？　……ってえことは、てめえら――――」

アベラールは、べろりとカテリーナの顔を舐め――ひき歪んだ笑いを見せ、吐き捨てる。

「そんなにこいつが大事か。這いつくばるのは、てめえらだ！　――武器を捨てろや。この女の顔が吹き飛んだら、困るのはてめえらなんだろうが。ああ!?」

「……だがその女性《ひと》を殺したら――お前らも、全員、死ぬ」

「かまわねえさ！　それより、てめえらに無駄足踏ませるほうが楽しそうだぜ。あ!?」

アベラールの握った拳銃が、気を失ったカテリーナの口の中にねじ込まれる。その暴挙に、龍騎兵たちが呪詛《じゅそ》のうめきを上げ、武器を構えるが――、

「おい、そこのデカブツ――手下を動かすな。本気で、この女の顔、ふっ飛ばすぞ」

がちり、撃鉄の起きる金属音が響くと――、

「……貴様、それでも男か！　この卑怯な豚が!!」

龍騎兵の一人が、怒りに我を忘れ――アベラールのそれよりはるかに綺麗なフランス語で西欧人を痛罵《つうば》した。その声に、アベラールのひき歪んだ顔が、ぴくっと震えると――、

「うるせえ背教者の小僧だ。――……おい、あいつを撃ち殺せ」

アベラールが、彼を守って立つ傭兵の一人に顎をしゃくると――その男のマスケット銃が、真っ直ぐ、その龍騎兵に向けられる。かちり、引き金が音を立てた。

「――やめろ……！」

ジャラルディが短く叫び、動くのと――銃声が爆ぜるのが同時だった。

「……⁉　――百龍長殿⁉」

龍騎兵たちが、色を失って叫ぶ――部下をかばったジャラルディの巨躯が、ぐらりと揺れ――彼の頭から、銃弾でひしゃげた兜と、裂けた仮面が転げ落ちた。

「この異教徒がっ‼」

いっせいに雪崩を打とうとした龍騎兵たちを――よろめきながら、ジャラルディが止める。

「――……やめろ………、動くな……」

ジャラルディの声に、本能的に龍騎兵は身を固める――こめかみの傷から、ぼたぼたと鮮血を溢れさせるジャラルディの姿に、

「……ははっ。ハハハ‼　馬鹿だ。こいつ、本物の馬鹿だ‼」

アベラールが、太鼓腹を揺すって哄笑した。身を震わせる龍騎兵の前で、他の西欧人たちも引きつった笑いを見せ――剣を抜き、銃を構える。

「そんなに部下が可愛いかよ。おうおう、女みたいな顔しよって――。……どうれ」

部下から別の拳銃を受け取ったアベラールが、その銃口をジャラルディに向ける。

「どこまで馬鹿か、見せてみろ――」

ジャラルディを狙った銃口に、龍騎兵たちが動きかけるが、

「……動くな！　――動くな………。………月が、まだ――出ている――」

呻くようなジャラルディの、低い声――帝国語に、龍騎兵たちはぎょっとして固まる。

そこに――再び、銃声が弾けた。

「……ぐ、っ!!」

胸を撃たれ、胴鎧を射抜かれたジャラルディが――がくり、片膝を付く。龍騎兵たちの痛々しい声が、そして傭兵たちの悪罵と哄笑が、競うように弾ける。

「おおう。まだ立てるか――こりゃ面白い。……面白い!!」

アベラールが、また別の拳銃を受け取る。その間にも――もう片方の手が持った拳銃は、油断無くカテリーナの顎に食い込みつづけていた。

「……まだ――間に合う。その貴婦人を解放し、投降しろ………」

口から血と咳《せき》を溢れさせながら、ジャラルディはフランス語で言い――そして、細めた双眸で、窓を――傭兵たちの背後にある窓を、月明かりが差し込み、ガラタの夜景が下半分を黒く染める硝子窓を、見た。

（――もう少し………）

ジャラルディは十字架に架けられたように両腕を広げ――傭兵たちに、近づく。

その巨躯と、あまりに静かなその雰囲気に気圧《けお》され、アベラールが一歩、退く。傭兵たちがそれと共に動くと――ジャラルディも、わずかに横に、動く。

ジャラルディの視野に、窓の向こうに見える教会の鐘楼が――入った。

その時――再びアベラールの手の中で拳銃が火を噴き、その弾丸はジャラルディの胴鎧に二つ目の穴を穿《うが》ち、彼をよろめかせた。

「貴様あああっ！」

野獣のように吼えたブルクハールを――静かに、すっと上げられたジャラルディの手が静止する。すでに三発の銃弾を受けながらも、未だ、悲鳴一つあげないジャラルディに、アベラールが恐怖すら混じりだした目と、声を向ける。

「こ、この……、怪物めが――。……そんなにこの女が大事か⁉　ええっ⁉」

アベラールが撃ち放した拳銃を捨て――カテリーナの顎に食い込んでいた銃口を、ジャラルディの顔面に向けた。震えるその銃口が、ジャラルディの冷たい瞳を、狙う。

「オラア！　さっさとそこを退け！　手下を全員、下げさせろ‼　さもないと――今度は頭を吹っ飛ばすぞ、この怪物があぁっ……‼」

絶叫するようなアベラールの声に――だが、ジャラルディは氷のように静かな声で、

「……これが最後の機会だ。……捕虜を放し、投降しろ。そうすれば、拷問はしない――雇い主の名を明かせば、国外に逃がしてやる」

その静かすぎる言葉が――逆に、アベラールの正気を失わせた。

「うるせええええっ！　死ね‼　この怪物があ！」

アベラールの拳銃が、真っ直ぐ、突き刺すようにジャラルディの顔を狙った。

それと同時に――、

銃声が響き――――窓の硝子が砕け散った。

「……！　――……ひ、っ……⁉　……ひぎいいいっ‼」

一瞬遅れて、アベラールの喉から屠《ほふ》られる豚のような悲鳴が迸《ほとばし》った。

ジャラルディを狙っていた拳銃は――アベラールの手首ごと、銃弾で――教会の鐘楼から放たれた、イシュトの狙撃弾で吹き飛ばされていた。切り株のようにされた男の手首から、裂けた骨と筋が露出し、そこからどす黒い血が溢れ出る。

ずるり、アベラールの腕からカテリーナの体がずり落ちると――、
瞬時に、ジャラルディの腕が疾《はし》り――アベラールの喉首は、鋼鉄のようなジャラルディの手指に捕らえられていた。

「うっ、うわあああっ!?」

隊長の有様に気づき、傭兵たちが青草のように震え、恐怖の叫びを上げる。

「ぐ、ぐえ、え……、え……!!」

アベラールの体が、ぼろ布のように持ち上げられ、絞首されたかのように顔がどす黒く染まる。高く、敵の大将を吊るし上げたジャラルディは——その男の頸骨が砕ける瞬間、手を緩め——これもぼろ布のように軽々と、失神したアベラールを龍騎兵たちの前へと放り投げた。

「捕縛しろ。そいつにはあとで聞くことがある——」

ジャラルディは、氷のような声で部下に命じる。その声に、呆然としていた龍騎兵たちが鞭打たれたようにぎょっとし、敬礼する。龍騎兵の一人が、アベラールの体に縄を打つと——残りの龍騎兵が、悲鳴のような声を上げてジャラルディに駆け寄った。

「百龍長殿!! 早く手当を!!」

悲痛なその声に、顔の半分が血で染まったジャラルディが、だが微塵《みじん》も冷静さを失っていない顔と、声を向ける。

「自分はいい。人質を確保し、帰還する——ブルクハール、階下に行って部下を集めろ」

命令を下したジャラルディは、窓の向こう——指ほどの大きさに見える遠い鐘楼に、彼の期待を裏切らなかった狙撃手たちに向けて小さく敬礼する。

そして——。

「——姫様………」

ジャラルディは、床に崩れ落ちている女性を——許し難い暴力に曝され、あられもない姿で横たわるカテリーナの可憐な裸体を見下ろし——そして、ゆっくりとその貴婦人の体を抱き上げる。

その腕の力に、カテリーナが小さく呻き——半ば意識を取り戻して、身を強ばらせる。

「……い、いや………、たす、けて………」

「——………」

おそらく、まだ自分が男の陵辱に曝されていると感じているのだろうか——深い憂いを血で汚れた顔に浮かべ——ジャラルディは、静かに、イタリア語で囁《ささや》きかける。

「——……ご安心を、姫様……。お助けに、上がりました——。

あなたの弟君が、来ています。あなたはもう——無事です。ご安心を………」

ぎこちなく、そしてありったけの情がこもった言葉に——、
カテリーナの、涙で汚れていた瞳が、うっすらと開いたが——急に訪れた安堵《あんど》のせいか、再びその瞳は閉じ、気を失った首が力無く揺れた。

「……………あ……、あ、あなた、は…………」

悲しくなってくるほどに軽く感じる貴婦人の体を抱きかかえたまま、ジャラルディは、

ゆっくりと歩き出す。そこに――、

「……ま、待ってくれ……!!

お、俺たちは――投降する……！　俺たちは、そいつに雇われただけなんだ……!!」

今まで、青草のようになって震えていた生き残りの傭兵たちが、武器を投げ棄てて叫ぶ。

そのけたたましい音に、ジャラルディは振り返り――そして跪いた何人もの西欧人を、これ以上は無いというほど冷たい瞳で一瞥《いちべつ》した。

「お前たちに任せる――」

ジャラルディは、彼を取り巻いていた龍騎兵たちにそう告げると、カテリーナを抱いたまま部屋から出て行った。その背後で――、

西欧人たちの悲鳴と絶叫、そして刃物を使わずに人体を破壊する時の音が、混じった。

＊

フランス商館の前に焚かれた営火は、次第に熾《おき》と灰の中に消え――、

弱まった光芒の代わりに、東の空から差す茜色《あかねいろ》の陽が、暗闇の中にうっすらと差し込んでゆく。桃色に染まった雲と空が、役目を終えた月を、密《ひそ》かに隠し去った。

龍騎兵たちは、商館から味方の負傷者と死者を運び出し、兵舎に運ぶ荷車へと乗せる。

その作業の合間を縫うようにして、別の兵士たちが武装したまま見張りを続け、そして館の中を捜索する。まだ息のある敵兵は、首を踏みつけられ——残らず息の根を止められる。降って湧《わ》いた深夜の戦禍《せんか》に、じっと身を潜めていたガラタの市民たちも、ようやく恐る恐る、窓や家の隙間《すきま》からこの光景を見、そして——凄まじい死者の数に驚き、逃げ去る。

軽騎兵を殲滅した第一班の騎馬部隊も、この館の前に戻り、命令を待っていた。

そこに————、

「……Uraー!! Uraaa!!」

吶喊の時と同じ、だがもっと短く、歓喜に満ちて何度も繰り返される歓声が、館の中に響き——それはすぐに、外で待機していた龍騎兵たちにも伝染する。

彼らの指揮官が——百龍長ジャラルディが、その腕の中に人質の貴婦人を抱いて現れると、龍騎兵たちは武器で自分の胴鎧を打ち鳴らし、歓声を上げて唯一神をたたえる。

歓喜し、そしてすぐに、指揮官の負傷に慌てる部下たちの間を——ジャラルディは、無言のまま進む。そして、消えかけた営火の前で立ち止まったジャラルディは、

「——……みんな、ご苦労だった。人質は、無事だ——諸君の奮闘と勇気に感謝する」

その声に——爆発するような兵士たちの歓声が応えた。

「兵舎に戻るぞ——あとは……」

手を挙げ、兵士たちに応えたジャラルディは、急に——目の前が、揺れるのを感じた。

部下たちの歓声が、ひどく遠いものになり——視界が、急激に狭くなってゆく。

（……もう——駄目、か………）

ジャラルディは、負傷の痛みだけが支配する自分の体が、もう取り戻せないほどの血と力を失ってしまっているのを悟り——そして不意に、またあの夢のことを思い出す。

（……もしや————あいつは……、はは……、死神、だったのかもな——）

べったりと血が汚した顔に、ジャラルディは小さな笑みを浮かべる。

その彼の、半ば失われた視野に——転がるように走ってくる、いくつかの人影が映った。

「……百龍長殿！　あ、ああっ⁉　お、お怪我《けが》を………!!」

「姉さん!!　ねえさん!!　——無事なのか⁉」

ひどく、眠い——その意識の中で、耳障りに感じるほど大きく、せっぱ詰まった二人の男の声がジャラルディを呼んでいた。

「——………」

駆け寄ってきたデイヴァッドと、ファルコに——ジャラルディは無言のまま、抱いていたカテリーナの体を差し出した。ファルコが、強ばった顔でカテリーナを抱き取ると、

「……唯一神よ——、……感謝します…………」

ジャラルディは、目を閉じ——そして————、
ゆっくりと、膝をつき——どう、と地に倒れ臥して、そのまま動かなくなった。

兵士たちの悲痛な叫びと乱れた軍靴の音が、朝焼けの中にいつまでも響いていた。

「!? 百龍長殿――!! …………!!」

＊

――……風の中に、いる…………………――。

最初に、そう感じた。

――……ここは……………、――自分は…………………。

暖かで、甘い草木の匂いが混じった風は、吹き、止まり――そして何かを思い出したようにまた吹き、清浄でやわらかな太陽の光に温められて、どこかに消えてゆく。

――……ここは…………、――そうだ、あの広場だ…………。

ジャラルディィは、そう気づき――とても静かで、やさしい気分になり――その風の中に身を浸す。

ここは、水道橋のある広場――あの貴婦人がいる、ささやかで、愛すべき場所だった。

なぜ自分がここにいるのか——解らなかった。

気づくと——自分には、体が無かった。何もなく、ただ——この場所で、暖かな風だけを感じ、そして魂の底から、自分が安らいでいるのを感じていた。

——……そうか……………。——自分は、死んだのか…………。

何の感慨もなく、ジャラルディはそう思い、そして——自分の死を想うよりも、自分がこの場所にいることの幸せだけを、ただ感じていた。

唯一神の御許《みもと》に——どのような極楽に逝くよりも、自分はこの広場にいられるほうが幸せだと、ジャラルディは希薄な意識の中で、ただ、繰り返しその幸せを感じていた。

ただひとつ————、
寂しいことがあるとするなら、それは——あの、楡の大樹の下に、芝草の上に——誰も居ないことが、かすかに心を痛ませていた。

——……いつか、あのお方は、またあの場所に来てくれるのだろうか…………。

——……いつか、またあの美しい女性を見、その声を聞くことが…………。

かすかな痛みを感じる、甘い記憶に、魂が埋没してゆくのを感じる——。

そして、はっきり見えていた光景が、次第に霞《かす》んでゆくのも感じる——。

――……消える…………………、――すべて、無くなる…………………。

ジャラルディが、後悔にも似た悲しみを感じ――拡散してゆく――――。

不意に――。

「ちょっとちょっと。勝手に消えないで下さいよ、もう」

全く不意に、愉快そうな男の声が耳元で弾けた。

その瞬間――意識は、恐怖で塗りつぶされた墜落感に捕らえられ、果てしのない暗闇が、底のない奈落が自分を飲み込むのをジャラルディは感じ――声のない悲鳴を――。

「そんなに消えたいんですか？　まだ、駄目です。

あなたには――この世界で、まだやらなきゃならないことがあるんですから」

「――………？」

その声は――まぎれもなく、あの盲目の乞食のそれだった。

「こちらの〝流れ〟ではね、あなたは〝他のあなた〟より、ずいぶんましなんですよ？

戦場で蜂《はち》の巣にされたり、仲間に裏切られて殺されたりしたいんですか？」

男は、謎《なぞ》の言葉をあきれたような口調で続け、そして、

「そうそう――あの女の人を助けてくれて、ありがとう。

「これで……、こっちの〝流れ〟には、もう、私は触らないでいられますよ」

「――………」

終わりのない墜落の中でジャラルディは、何か、叫んだが――男はそれに答えなかった。

「もっとも、私が頼まなくったってあなたは同じことをしたでしょうけど。

あははは――人間でも、解る時があるんですよねー。たまーに。

――……何が、自分の〝流れ〟に重要なのか、ってことを………」

男の、愉快そうで、そしてどこか空虚な笑いが――響く。

そして、

「……あ。あー、忘れるところだったあ――。あなたに………」

男の声が――ジャラルディの耳元あたりで、くすっという笑いとともに聞こえた。

「――お礼、しなくっちゃ。あはははははは………。……にやり――――」

突然、嵐のような感覚にジャラルディは巻き込まれ――虚空を、吹き飛ばされた。

「――………っ、う、うわあああっ…………!?」

墜落の感覚――そして、地表に叩きつけられた感覚――――。

「……あ、あ……？」

自分はいつの間にか眠り――夢を見――――。

「――ここは…………？」

ジャラルディは目を覚まし、目蓋の隙間からかいま見える薄暗闇の中、まばたきする。

次第に意識がはっきりしてくると――、
自分が、どこか見知らぬ部屋の寝台に寝かされているのだと――気づいた。

「……自分は、いったい…………？」

何か、記憶が欠落しているような――眠る前のことを何も覚えていないような――朦朧《もうろう》とした意識の中で、ジャラルディは強ばった首と、目を動かす。

その部屋は、全く見覚えのない場所だった。西欧風の造りのその部屋は――恐らくは寝室なのだろう――壁に、落ち着いた色彩の壁紙が貼《は》られ、そこかしこに趣味の良い家具が置かれた部屋の、天蓋《てんがい》のないベッドにジャラルディは横たわっていた。

自分の体に、包帯が巻かれていた。傷は、もう治っているのだろう――汚れのない当て布を押さえた包帯は、汗の染みが付きそうなほどに清潔で、それが手際よく、彼の胸と額の辺りに巻かれていた。

（……自分は負傷したのか…………？　どこで――それに、ここは…………）

下着代わりのズボンだけを履かされている彼は、自分が横たわり、そして彼の上に掛けられている純白のシーツが、最高級のインド木綿だということを悟って狼狽を深くする。

さらに――そのシーツと、ベッドからかすかに香る甘い匂いは、なぜか記憶のどこかに覚えがあるような気がして――ジャラルディは、慌てて起き上がろうとする。

そのジャラルディの耳に、寝室の扉が開く、密やかな音が忍び込んだ。

「――……誰だ⁉　デイヴァッドか？」

ジャラルディの声に、ドアの向こうで揺れていた燭台の明かりが、そしてその奥の人影が、びくっと揺れた。だがすぐに、その人影は軽やかな足音と共に部屋へと入ってきた。

「ああ……！　気がつかれたのですね？　ああ、よかった……、神さま………」

「――え……？」

燭台を掲げ持ち、手に金属の深皿と包帯を持った女性が――。

「あ、あなたは………⁉」

驚き、身を起こすのも忘れたジャラルディの傍らに、すうっとカテリーナが身を寄せた。

「……隊長さま、ひどいお怪我をなさっていたんですよ……？

でも――よかった………、こんなにすぐ、良くなるなんて………」

信じがたかった――。

ジャラルディの前で、手を伸ばせば触れられるどころか、腕の中に奪ってしまえそうな近くで——あの貴婦人が、自分の顔を見つめ、天使ですら恥じるようなほほ笑みを浮かべてくれていた。

カテリーナは、燭台と水皿を手近の小卓に乗せると、そうっとベッドの傍らで跪き、そ
の可憐な顔をシーツに埋めるようにして——ジャラルディの手を取った。

「じ……、自分は、いったい……？　——なぜ、ここは…………？」

とりとめのない疑問だけを並べてしまい、恥で消えてしまいたくなったジャラルディに、
貴婦人はあの、いつもは子供たちに向けていたやさしい笑みを——向ける。

「隊長さまは——誘拐された私を、助けて下さったとき——お怪我を…………」

「……あ、ああ——そう、でした…………、自分は——————」

自分は死ななかった——まだ生きている——そう悟ったジャラルディだったが、生きな
がらえた歓喜は、彼を見つめるカテリーナの瞳の前できれいに霧散してしまっていた。

「隊長さま……、もう、三日も、ずっと目を覚まさずに眠ってらっしゃったんですよ。

……私…………、もしも、って思ったら——すごく不安で…………。

でも——よかった………！　ほんとうに……、よかった…………」

カテリーナの瞳に、いつの間にか——夜の泉のような涙が浮かんでいた。慈愛に満ちた
ほほ笑みに、魂が奪われたようになっていたジャラルディは、いまさら——、

（……う、わ………!?　しまった、いかん————いかん…………）

自分の手を握っている、カテリーナの柔らかな手指の温かさに気づき、赤面してしまいそうになった。鎧すら溶かしてしまいそうな指の柔らかさと、意地悪く肌を刺す真珠のような爪。ジャラルディは手を振りほどこうとしたが——手を、動かすことが出来なかった。

それどころか——その貴婦人の手に、握り返す力を、かすかに込める。

「——あ……」

その力に気づいたカテリーナが、かすかに顔を背け——頬に、薄い紅を浮かべる。

「……申し訳、ありません、姫様——貴方のようなお方に、まさか自分は看病を——」

ジャラルディの言葉に、カテリーナは恥ずかしそうにほほ笑み、頷いた。

「そんな——当然のことですわ……。私の命を救って下さった方ですもの——」

「……じゃ、じゃあ——自分は、そ、その……、三日のあいだ、まさか……?」

他に語彙《ごい》を見つけられなかったジャラルディの言葉に、カテリーナの顔が燃えてしまいそうに赤くなり、そして、子供のようにぶるぶると横に振られた。

「え、ええ。でも——、……だ、だって……、そ、の——はい……」

「……そうか、ここは姫様の御館……。——自分の、部下は……?」

その言葉に——カテリーナはハッとして、かすかに瞳を伏せた。

「え、ええ……、隊長さまがお気づきになったら——兵舎のほうに、お知らせをと……」

「で、では——自分は、もう失礼を……」

赤面した顔を貴婦人から背け、ジャラルディはベッドの上で半身を起こす。

その彼に――、

「……！　あ……！　――いけません、まだ、そんな急に……！」

カテリーナが、自分の身が痛むかのような声でジャラルディを止める。

ジャラルディは、起き上がった時に感じた傷の痛みと、強ばった筋肉の軋みに顔をしかめる――だが、彼の体は、全ての力を取り戻したのだと全身の筋肉で訴えていた。

「……すみません――自分は、戻らなくては………」

「――……だめ………!!」

不意に――立ち上がろうとしたジャラルディの体に、剥き出しの胸と肩に、カテリーナがその身を犠牲《ぎせい》にするようにしてすがりつき、彼を、押さえようとしていた。

「……ひ、姫様……!?」

その、震えるようなはかない力は――だが、そのはかなさと、柔らかな重さが、軍馬すら持ち上げるジャラルディの力を全て奪い、筋肉をただの海綿に変えてしまっていた。

「……だ、め………！　まだ、動いては駄目です……！　そんな、急に………」

泣き出しそうなカテリーナの声が、ジャラルディの胸でこぼれた。

自分の胸に身を寄せる貴婦人の結い上げた髪と、ドレスから覗く乳色の肌が――動きを封じられたジャラルディの目に突き刺さり、彼の腹の奥底に赤黒い炎を燃え上がらせた。

「……自分、は――もう平気です、姫様。行かなくては、部下が……」

「……待って……、待って、ください……」

自分の胸で、目を伏せ、小さく首を振る貴婦人の姿は、女を知らないジャラルディを手酷く困惑させる――そして愚かな少年のように、胸を高鳴らせ、息を苦しくさせた。

貴婦人の放つ、かすかな甘い香りは、毒のようにジャラルディを苦しめ、魅惑する。

「……姫、様……」

身動きできずにいた――いや、動くことを躊躇《ためら》っていたジャラルディの顔を、涙のせいで大きく見えるカテリーナの瞳が捕らえ、見つめた。

「……カテリーナ――ですわ……」

「は、はい。御名前は存じておりますが……、しかし、自分は――」

「……私も……、あなたのこと、ずっと……、存じておりましたの……」

えっ⁉――と、声に出ない驚愕がジャラルディをたじろがせた。その動きを、さらに封じるかのように、ジャラルディの体を滑った二つの手指が、最高級のハンカチのようにそっと、ジャラルディの大きな手を柔らかく、包んだ。

「……私……、あの広場で、ずっと――あなたのことを……」

「⁉ ひ、姫様……？」

自分の心の中にあった想いが、そのまま貴婦人の唇から漏れるのを聞いたジャラルディは、ぎょっとして――意味もなく周囲を見回す。

そのジャラルディの手に、そうっと、カテリーナが頬付けする。閉じた瞳から溢れた涙が、貴婦人の目元で銀砂のように輝き、そして――、

「……私、いつも――あなたが見ていて下さるのを知っていましたの…………。お顔は見えませんでしたけど……、いつも、やさしい瞳で私のことを、見守っていて下さったから………。私、ずっと………、あなたに、いつか…………」

カテリーナの指が絡んだ男の手に、彼女の温かな頬と、そして芯のある柔らかな唇が火傷《やけど》のように強い心地よさを印し、震える。

「……ずっと――懸想、しておりました…………、隊長さま…………」

「――………!?」

ジャラルディは、文字通り雷に打たれ――その雷を放った貴婦人の唇に、彼はひどく醜く見えてしまう自分の指をそっと、這わせた。自分のことを、好きだと言ってくれた唇に、その真意を確かめるようにして親指を押し当てると――、

「……あ………」

カテリーナの瞳が、わずかに開き、男の目を見つめ返す。

桜桃《おうとう》のような艶《つや》のある小さな唇に、頬と細いうなじに――自分でも意識しないうちに手が滑ってゆくのを、ジャラルディは止められないでいた。か弱く、少しでも力を込めたら

壊れてしまいそうな、この貴婦人の体を――壊したくなるような、欲求。

彼ら親衛隊員は、妻帯が禁止されている上に本来は女性との接触も忌むべきものとされている。これまで、その規則を頑《かたく》なに守ってきたジャラルディだったが――。

「――……姫様…………!!」

胸の中で、いくら唯一神への祈りを繰り返しても、無駄だった。

――……この女が欲しい…………!! その炎のような激情は、それ以外の感情を全て焼き尽くして、彼をただの雄に――無知で愚かな男に変えてしまっていた。

ジャラルディは、自分の胸に寄り添う貴婦人の背に、彼女を逃がさないよう――捕らえるようにして、もう片方の手を回し、だが――ぎこちないその腕は、これまで女を抱いたことのない彼の腕は、貴婦人の背で固まってしまう。

だが――カテリーナは男の手が、焼《や》き鏝《ごて》だったかのように、

「あ、っ…………、――隊長さま…………!!」

びくっ、と背筋を震わせたカテリーナは、瞳に少女の歓喜と、そして艶のある悦《よろこ》びを同時に浮かべ――そのまま、男の鋼鉄のような分厚い胸板に身を寄せた。

「――……自分、は…………、ジャラルディ、と申します…………」

他人に名を明かすことは重大な軍紀違反だったが――それすら無視して、ジャラルディは腕の中の貴婦人に、ぎこちなく、語りかける。その言葉に、カテリーナは白い喉を反ら

して彼を見上げ——歓喜に潤んだ瞳を震わせながら、小さく、囁いた。

「……嬉しいですわ……。私も、カテリーナ、とお呼び下さいませ……」

「そ、そんな……、そのような畏れ多い——」

「……いやっ……！　いや……、おねがい、です——せめて、今宵《こよい》だけは……」

「……姫……‼」

胸に、熱いものを——彼女の涙を感じたジャラルディは、何も考えられなくなり、ただ激情に任せて腕の中の貴婦人を抱きしめた。本当に壊してしまいそうな——柔らかで軽く、自分の体をその中に埋め込んでしまいたくなるような女の体を——そのまま歯を立てて噛み付き、貪《むさぼ》りたくなる狂気すら感じる愛《いと》おしい肌を、抱いた。

「っ、あ……！　隊長、さ、ま……」

柔らかく、軽い女の体を抱き寄せたのと同時に、艶やかな蘭華《らんか》のような貴婦人のドレスと肌の合間から、冷たく感じるほどに甘い、かすかな香水の匂いが舞い上がり、男の感覚全てを包み込む。そして——香よりもはるかに強烈な、干し草を思わせる淡い汗と髪の匂いが、雄の本能を狂わせる女の肌と腋《わき》の匂いが——それを吸い込んだジャラルディの精神を毒して、獣じみた劣情だけを燃え立たせた。

僅《わず》かに残った彼の理性が絶望するほど強く——ジャラルディは、欲望をたぎらせ、呻く。

（——……この女が……、欲しい……！　……抱きたい……‼）

女を知らない彼でも、自分がこの女をどうしたがっているのか、はっきりと解る。

ジャラルディは、並みの男の太腿よりも太い腕の中に、華奢な女の体を抱き、引き寄せ――そして、彼のズボンの中で杭のようにそそり立ち、怒張している男根に彼女の腰を押し当てて――その感触だけではしたなく、呻く。

「……っ、あ……、ん……。――隊長様…………。ん、ふ…………」

貴婦人の唇から、恥じらいと驚きの混じったような、熱い吐息が漏れてジャラルディの胸板を焼き焦がす。彼女の体を支え、持ち上げてしまいそうなほどに逞《たくま》しい勃起に押し当てられたカテリーナの瞳が、伏せられ、そして躊躇うようにして布の下の男性を見つめる。

「ん………、いけませんわ、こんな………、あ……」

逃れようのない鋼鉄の腕の中で、貴婦人が猫のように柔らかく抵抗する。吐息が、男の肌を残酷に焼くと――ジャラルディは撲《ぶ》たれた獣のように呻き、女の髪と顔に唇を埋め、噛み付くようにして貴婦人の唇を求め、犯すように口付けし、奪う――。

「んっ、っ……! ふ………、う、う…………」

苦痛に眉をひそめた貴婦人の唇から、力無い、そして甘い悲鳴と吐息が漏れる。女の吐いた息さえ貪るような男のキスに、カテリーナの体は次第に力を失い、そして、

「……も、もう……、いけませんわ……。私、こんな………」

貴婦人の口から、言葉としての意味を失った、熱い否定の吐息が溢れ、男の耳を焼く。

男を押し離すように、鋼鉄の胸板に触れ、押し当てられていた貴婦人の手がゆっくりと滑り——なめらかな指と爪が、甲冑じみた腹筋を撫で、そしてズボンの前を縛めている、きつく張りつめてしまった生地と、紐を、盲目の虫のように探り、愛撫《あいぶ》する。

「く…………！　姫様…………！」

その愛撫だけで、びくん！と勃起を、そして背骨と全身を震わせた男を、カテリーナの瞳が愛おしそうに見つめる。その女の指が、ゆっくりとズボンの紐を緩め——、

「あ……！　あ、あ………」

僅かな緩みの間から、発条仕掛けの刃のように怒張した巨根がそそり立ち、脈打つ。

初めて、女の前に自分の性を晒した男がその快感に、歯を食いしばり——女を縛めていた腕を緩めた男は、何をすべきかも解らないまま、貴婦人の顔に掌《てのひら》を這わせる。

もう彼は——たとえ唯一神の加護を失い、灼熱地獄に堕ちようとも——この女を貫き、犯そうと、精を放ち汚してしまおうと——ただ、それだけを考えていた。

カテリーナは、凶器のような男根から目を逸らし、拗《す》ねたような瞳を男に向ける。

「も……、ひどい、ですわ………。私、こんな……、——きゃ……！　あ……！」

女の言葉が終わらぬうちに——ジャラルディの手は、彼女の顔を壊すようにして、両の手で抱えた小さな頭を勃起へと引き寄せていた。強烈な雄臭と、熱を放って脈打つ醜悪な肉塊に、可憐な顔が無残にねじ当てられそうになる。

「……す、すみません……、で、でも、自分は、もう…………！」

炎のような息と、声を絞り出した男に、カテリーナは、

「あ、あ……、……ひどい、ですわ……。ひどい、お方……」

男の息に、自分の吐息を絡ませ――ゆっくりと、口淫《こういん》を強制していた男の手指から首を滑らせると――わずかに唇を開き、自分から男根へと頬を寄せる。

「こんな姦淫《かんいん》……、きっと、私……、神さまに叱られますわ……」

冷たく感じる女の息が、灼熱した勃起を刺し、男を呻かせる。清流に住む魚のような指が、躊躇うようにそうっと、勃起を包み――自慰とは全く違う、初めて味わう女の指の快感が男を愚鈍に発狂させる。

包皮までが張りつめた茎と、銛《もり》のようになった亀頭とかえしに指が絡み、摩擦《まさつ》する。

歯の間から、呻き声を漏らした男を――カテリーナが瞳だけを動かし、見つめる。

「……苦しい……、のですか……？」

「すごく……、かたい……」

小さな唇が開き、ささやく。そこから舌がわずかに覗き、唇を濡らす。

「……ん、っ、ふ……」

天使のように清楚な顔が、何か邪悪な熱病に冒されたかのように――熱を持って、何か頬張ろうとするように口を大きく、開く。男の期待が――現実に、なる。

「く……！　姫……………!!」

「……熱、い…………。——……む、っ…………、は、ぁ…………！」

芯のある柔らかな唇が、男根を崇拝するように口付けし——雄臭を放つ肉茎を、躊躇うような、ぎこちない舌が這う。そのまま——野太い血管をなぞり、唇の愛撫と舌の奉仕は、どぎつい熱と、雄臭を放つ怒張の先端に動き、そこに——深く、口付けする。

「ん、ふ……、ぁ、あ…………、……私、はしたない…………、ですわ…………」

咥《くわ》えることも出来ないほど大きく、怒張しきった亀頭にぎこちない舌を絡ませ——指で、先端の裂け目を嬲り、唇を震わせて——貴婦人は唇の愛撫を続ける。

男は——はち切れそうになった男根と欲望を生半可に嬲られ——自分が、気が狂いそうになっているのを感じた。このまま女の顎と喉が裂けるのも構わず、勃起を彼女の唇の奥にねじ込みたい衝動に駆られ——そしてそれを止められず、彼女の結い上げた髪に、鉤爪のようになって強ばった手指を、掛ける。

「あ…………！　痛、い…………！　い、や…………」

髪に乱暴な男の力を感じ、カテリーナが小さな悲鳴を上げる。その刺すような声に——、

「——……っ……!!」

男の口から、食いしばった歯が砕けるような呻き声が漏れ——同時に、勃起の先端から先走った、透明な精が貴婦人の指と、顔を汚す。

「……っ、あ……！　……あ、あ…………、く、くふっ…………」

びくびく脈打ち、先走りの透明な精を噴出させた男根から、貴婦人の顔が背けられる。厭《いや》らしい蟲《むし》が這ったかのような跡が残る美顔が、咳《せ》き込《こ》み、苦悶し――妖艶《ようえん》に、惚《ほう》ける。

「……く……!!　――……姫様、お許しを………!!」

先走ってもなお、怒張を固くそそり立たせたままの男が――呻くように、吐き捨てるように女に詫《わ》び――彼女をはね除けるようにして立ち上がった。

「きゃ……！　な、なに………？　――……あ、っ………!?」

打ち捨てられた貴婦人は――だが、すぐに細腕を男に捕らえられ、引きずり立たされる。石像のように立ち、そして邪悪なほどにそそり立った巨根を露出させた男は、興奮のぁまり息をするのも忘れ、捕らえた貴婦人を背後から抱きしめ――深く、熱い息を吐く。

「あ、あ……、い、いや………、ゆ、お許しを、隊長さま………！」

力無い悲鳴を漏らした貴婦人の唇に、背後からうごめく男の手指がすべり――彼女の唇は、野太い何本もの指に犯され、舌まで弄《もてあそ》ばれる。苦悶の吐息と、溢れた唾液《だえき》が男の指を塗らして、熱く汚す。

「ふ、ぁ……、あ……！　……っふ…………」

口を犯され、そして背中を剥き出しの男根で嬲られ――脅えた声を漏らすカテリーナに、もう片方の男の手が襲いかかる。ドレスが裂けそうになるのも構わず、熊手のような手指が彼女の胸を――豊かにふくらみ、ドレスとコルセットが優雅に飾った乳房を、男の手が容赦なく歪ませ、潰し、嬲る。

「あ……！　っ、あ、痛い……！　い、っ……！　いやあ……」

両の乳房を陵辱され、その痛みに貴婦人が切ない悲鳴を漏らす。無残にずり降ろされたドレスから、真っ白な乳房がこぼれ、菓子を乗せたような乳首まであらわにされて弄ばれる。初めて女を嬲る男の手は、ただ快感だけを貪って乳房を歪ませ、貴婦人を恥辱と苦痛でいたぶり続けた。

そして――朦朧とした貴婦人の意識が、自分の太腿に食い込む雄の手指を、感じる。

「あ、あ……！　ゆるして……、それだけは……！」

無力な哀願が、背後の男をさらに興奮させ、喜ばせると――ドレスを、その中身を晒すようにしてまくり上げた男の手が――むしるようにして、コルセットからフレアを、外す。

みしっと、わずかに布が裂ける音が、そしてそれに貴婦人の悲鳴が重なり、

「ひっ……！　い、いやあ……！」

涙混じりの悲鳴に、一瞬、男の手が止まる――だが、

「……っ、んっ……！　ん、っ、んーっ……！」

もちろん、男は止まらなかった。道具か何かのように、背後からカテリーナの顔を背けさせた男は、そこを無言の、情欲がたぎった口付けで塞ぎ、舌を貪り――。

「…………っ、ふ……！　ん、ん…………！」

カテリーナの、なめらかな下腹をわずかに隠していた下着を、毒蜘蛛《どくぐも》のような男の手が襲う。太腿のあいだをこじ開け、潜り込んだ指は——その奥の、絹の薄布が隠していた湿りの谷間へと——突き刺さる。下着の脇《わき》から恥部を犯す指の感触に、貴婦人の体は背骨の芯から震え、強ばり——そして——あまく弛緩《しかん》し、また、震える。

「あ、あ、っ……‼　いや、いや…………！　いやあ………！」

拒否の悲鳴さえ、甘く熱を持ち——下着の奥の恥毛と、丸いふくらみを嬲る男の手を押さえる貴婦人の両手も、力無く、逆に求めるように男の手を撫でさする。

男の手が、ちり紙のようにあっさりと絹の下着をむしってしまうと——露わにされた恥部の奥に、初めて女を知った男の指が、何か押し潰すような音を立てて、沈む。

「ひっ……！　あ、あっ……‼　——……ひど、い………」

唾液で、べったりと汚された貴婦人の口から力無い声が漏れると——、恥部と、両の乳房を背後から嬲る男の腕の中で、貴婦人の手が狂ったようにもがき、自分のコルセットの紐を探り当て、それをあわただしく解いていった。

「——……ほんとうに…………、ひどい、ひと………！」

ずるりと、半ば破られたようなドレスが床に落ちると——ゆで卵のように裸にされてしまったカテリーナが、ぶるっと——陵辱への恐れと、隠した歓喜に裸体を震わせる。

怒ったような息を吐く、興奮で言葉を失った男は、その裸体を掴むと——、
ベッドが軋むほど、乱暴に貴婦人を——いや——裸に剥かれた哀れな女を、娼婦《しょうふ》にでもするような手つきで引き寄せ、そのまま押し倒す。

「ひ……！　い……、あ、あ………‼」

力無く倒れたカテリーナが、豊饒《ほうじょう》と男の欲望とをまとめて形にしたような乳房を揺らし、もがくようにして太腿を閉じて——恥部を隠し、さらに男の情欲を刺激する。

怯《おび》えと熱で濁った女の瞳が、彫像のような男の裸体と、反り返った勃起に張り付き——そして背けられる。その女の耳に、ベッドが壊れたかのような軋みが聞こえると、

「……！　あっ⁉　……いや、いや、いや………‼」

男の手が、必死にとじ合わせられていたカテリーナの両脚を捕らえ——難なく、こじ開ける。抵抗するたび、捩《よじ》り合《あ》わせられる太腿の合間から、淡い恥毛の下に隠れていた淫唇がこぼれ、男の目に焼き付く。

水蜜桃《すいみつとう》のような尻肉が、太腿とともにこじ開けられ——その奥の、花弁か、治りかけの傷口を思わせるカテリーナの性が、曝け出され、男の目に犯される。

「いや、いや………、見ない、で………！」

恥部を隠そうとした手も——あっさりと男に捕らえられ、ねじ伏せられる。こじ開けら

れた貝のような太腿のあいだに、男の腰と脚が楔《くさび》のようにねじ込まれる。

やはり、ここもこじ開けられた貝のような――怯えた唇のような襞《ひだ》を、そして隠れた真珠のような尖《とが》りを、男の指が無残にこじ開け、潰して、カテリーナに悲鳴を上げさせる。

「ひっ……！　っ、ふ、ああーっ……！　お、おねがい…………、や……！」

ぐちゅり、と――淫猥な音が、男の指と、女の恥部から――漏れる。その容赦のない音に、カテリーナの顔が深紅を浮かべ、泣き出したように激しく振られる。

「いやあ……！　ひどい…………！　っ、う……、……あ!!　はっ、あ……!!」

溢れる体液が、彼女の恥肉にまみれて下品な食事を思わせる音を、立てる。男は、その音を楽しみ、そして音でカテリーナを辱めながら――残酷な愛撫を続け、そして――、

「――…………！」

男の指が、カテリーナの恥部から消えると――涙と恥辱で濁っていた彼女の瞳が、うっすらと開き――そして――男が、自分の上に覆《おお》い被《かぶ》さってくるのを見つける。

「い、いや……、いや、おねが、い………」

力無いカテリーナの声は――噛み付くような男の口付けで塞がれる。男は、唾液だけを残して女の唇から離れると――、

「……姫様………、――入れます…………」

「ひ……………!!　あ、あ……、あ…………！」

愚鈍な声と共に、男は巨根を握り――その銛のような先端を、片腕でこじ開けた太腿の奥に滑らせる。男の指が陵辱し、だらしない口のように愛液で汚した淫唇に、音もなく、怒張した亀頭がねじ当てられる。

「ひっ……、ひ、ひ、あ………！　――……あ、ああーっ!!」

傷口のような襞がめくれ上がると――カテリーナの処女に、ずん！と衝撃が走った。

めりめりと、何か壊すような感触と共に、棍棒のような男根が女を犯す。

「いっ……！　痛……！　い、い………、いや、あ………！」

男が、ぎこちない腰を揺するたびに、カテリーナは撃たれたように痙攣《けいれん》し、白い喉を仰け反らせて悲鳴を漏らす。大きすぎる男根に貫かれ、固く閉じられた女の瞳から涙が溢れるが――男は、初めての女を貫く快感に我を忘れ、ただ、女の体を貫き殺してしまおうとするかのように、腰を突き、脚をこじ開け、狭い膣《ちつ》をえぐり――犯す。

「いや、あ………、おねがい、い……、動かな……、――……ひ、っあ……!!」

最後の一突きで――男が犬のように呻き、背筋を震わせる。

肉の破城槌に、性の最奥まで貫かれたカテリーナが悲鳴を上げ、弓のように汗に塗れた裸体をしならせ硬直する。亀頭の肉銛が、その返しで子宮口すら嬲るほどに埋まり――、

男が、溜めていた熱い息を吐き、腰を揺する。

「……っ！　ひ！　あ、あ……!!　ひ、いっ………!!」

怒張した先端のくびれが、貴婦人の奥を手酷くえぐり、苛《さいな》む。愛液と出血がこびり付いた男根が、その大きさで裂けそうな彼女の胎内を何度も、何度も突き、貪る。逃がさぬよう、蝶を捕らえた蜘蛛のように男はカテリーナを押さえ――己の快感を貪るためだけに腰を揺すり、力無い悲鳴と熱い息を吐く女の唇を戯れに奪う。恥部を貫き犯すたび、男を誘うように揺れる汗まみれの乳房にも、男の手が爪を立て、歪ませる。潰されて充血した果肉のような乳首を、痕《あと》が付くほどに強く男の口が吸い、歯で嬲る。

「ひ、いっ……！　い、い……！　いや、いや……、いや、あ………！」

飢えた子供のように乳房を貪る男は、そのあいだも間抜けな機械のように腰を揺すり、女の喉を仰け反らせ――丸めた背中に、女の爪が食い込むのも無視して、犯し続ける。

そして、

「――……っ、く………！」

びくっと、男の背骨が震えると——それは勃起を伝わり、押し拉がれた女の腰骨の奥を震わせ、痺れさせた。猿のように背を丸め、乳房を貪っていた男が、びくんと痙攣して仰け反り——歯を食いしばって呻いた。

女は————本能で、自分がこの男の種を孕《はら》むのだと悟り——叫びを迸らせる。

「……っ……！　いっ、あああーっ…………!!　は………!!」

男を拒み、押し出そうとするような恥肉と胎奥の収縮——、同時に男が吼え、腰を、最奥まで突く。男根は堪えきれずに震え、精を放つ。

「は……!!　あ、あ………!!　——……は、あっ………!!」

性を痙攣させ、それを全身に伝染させたカテリーナが——汗と、男の唾液でべったりと汚れた裸体を硬直させせる。

その女に突き刺したまま、動脈出血のような勢いの精を放つジャラルディは、川の雄鮭《おすざけ》のように息を吐き、苦悶の声を漏らして——女の胎《はら》を、精で満たし、放ち続ける。

「あっ、ふ………、——はあっ、ああっ………」

死んでしまったように、女の裸体が脱力し、汗まみれになったシーツに埋まると——最後の一滴までを、尻をひくつかせて放っていた男も——熱で腐ってしまった息を、吐く。

転げ落ちるようにして、カテリーナの裸体と、膣から男が離れると——、

「……っ！　ひ、っん………!!」

男が抜け落ちる時の痛みと、官能にカテリーナが小さな悲鳴を上げ、小さく――死ぬ。

気を失ったカテリーナの淫肉から、ずるりと、腕ほどもある勃起が抜け落ち、シーツを愛液とわずかの鮮血で、汚した。

「――………」

溺《おぼ》れかけた犬のように、荒い呼吸を繰り返しながら――ジャラルディィは、完全に脱力し、気を失っている愛おしい女を、ようやくわずかな理性を取り戻した目で見下ろす。

これも溺れたように、汗にまみれ、荒い呼吸で乳房を揺らす女を――自分が辱めてしまった貴婦人の痴態を、ジャラルディィは愛おしさと後悔の混じった目を向けたまま、

「――……姫様………」

渇き、かすれてしまった声で、意味もなく愛しいひとを、呼ぶ。

その声に、涙と汗が汚していた貴婦人の顔が、わずかに傾ぎ――睫《まつげ》の奥の瞳が、うっすらと開き、動いて、ジャラルディィを捜す。

ジャラルディィの双眸と、カテリーナの瞳が、相手を見つけて――――潤む。

「……ひどい、ひと………」

カテリーナの、そっと囁くような非難の声に、ジャラルディィは困ったような笑みを浮かべ、そして――手を伸ばして、汗が光る貴婦人の裸体を、そうっと撫でる。

これ以上はないほどに豊かな線を見せる腿と、腰に、そして――。

果物のような線がうっすらと走るなめらかな腹に——彼が精を放ったばかりの胎を潜ませた、狂おしいほどに愛おしい女の腹を——ジャラルディィの手が、我が子を撫でる時と同じ手で、撫で、愛撫する。

「……っ、あ……、は………」

くすぐったそうに、ほほ笑み、艶やかな声を漏らすカテリーナの唇に、ジャラルディィはゆっくりと顔を近づけ、触れるような口付けをし、そして——。

ジャラルディィは、そうっと愛おしいひとの耳元で、囁く。


「——……姫……………。——……カテリーナ、自分は、貴方を——」


その言葉を、一瞬、心の中で探し、迷った時——。

一瞬で——世界の全てが闇で包まれた。全てが消え失せ——、

「……**にやり**」

「——……を……!?　……うわあああああっ…………!?」

ジャラルディィは、自分が無限の暗黒の中を落下してゆくのを感じていた——。

＊

墜落の感覚――そして、地表に叩きつけられた感覚――――。

「……あ、あ……？」

自分はいつの間にか眠り――夢を見――――。

「――ここは………？」

ジャラルディは目を覚まし、目蓋の隙間からかいま見える薄暗闇の中、まばたきする。

次第に意識がはっきりしてくると――、

自分が、どこか見覚えのある場所にいるような気がして、ひどく重く感じる目蓋を無理矢理に開く。朦朧とした視界、そして意識に――何か、自分を見つめている白い影の存在を感じ、ジャラルディは――脳裏に浮かんだ名前を、そのまま口にする。

「――……誰………、カテリーナ………？」

その声に――、

「……!? ――百龍長殿!! 気がつかれたのですか!?」

耳が痛くなるような、歓喜と不安の声が――聞き覚えのある青年の大声が、弾けた。

「……!? ――……デイヴァッド、か………？」

「は、はいっ!! 百龍長殿………!!」

傍らにあった白い影は――――泣き出しそうなデイヴァッドの姿になった。

（……じゃあ、自分は…………、――……夢を…………!?）

ジャラルディは、一瞬で覚醒し――ハッと、濁っていた双眸をまばたきさせ、目を開く。

そこは――見慣れた、彼ら龍騎兵の兵舎――彼らが病室に使っている部屋の屋根と、雑多に物が置かれた壁と棚と、そして――。

「みんな!!　百龍長殿がお目覚めになったぞ!!」

「……おお!!　――唯一神よ……!!　十二天使よ……!!」

弾けるような歓声が、ジャラルディの周囲で爆発した。自分が、病室のベッドに横たわっていると気づいた彼は、ゆっくりと起き上がる。

途端に――身が裂かれるような痛覚がジャラルディを襲ったが――彼は、構《かか》わずに上半身を起こす。包帯が巻かれた胸と、腹には痛みが残っていたが、それは命に関わる傷のそれではなかった。頭にも包帯が巻かれていたが、そちらには気味の悪い鈍痛が残っていた。

「――……自分は………？」

ジャラルディの声に――周囲を取り囲んでいた龍騎兵たちがいっせいに話しだした。

「……百龍長殿――、……覚えていらっしゃらないのですか……？」

「百龍長殿は、あの作戦のあと、負傷がひどく、お倒れになって――」

「カラブリア殿が連れてきた西欧の医者が、手術をしたのですが……」

「弾はすべて筋で砕けていて、臓腑《ぞうふ》は無事だったのですが――出血がひどく……」

「今まで、ずうっと眠っておられたのです…………。我々は、もしかしたらと……」

「五日間も、目を覚まさず…………、しかし――唯一神は我らを見放さなかった……！」

普段だったら、間違いなくジャラルディに叱責《しっせき》されていただろう――それほどに、兵士たちは子供のように喜んでいた。皆、涙まで流してジャラルディの無事を喜ぶ――。

仮面も兜も付けていない龍騎兵たちは、ただの若者に戻って、この喜びを分かち合っていた。その輪の中心で――ジャラルディは一人、焦ったように顔を伏せる。

（……じゃ、じゃあ…………………、
さっき、自分は――あの貴婦人に…………、夢で、狼藉を…………………？）

ジャラルディは、決して他人に明かせない恥辱と憂鬱に沈みながら――だがそれを、間違っても部下に悟られないよう、硬直した顔に、無理矢理笑みを浮かべる。

「……みんな――心配をかけたな。すまなかった」

「いえ……！　無事で、何よりです。百龍長殿…………!!」

せっかくの凛々《りり》しい顔を涙と、鼻水まで流して台無しにしながらデイヴァッドが敬礼する。ずっと、ここを離れず看病してくれていたのだろうか――彼の栗色の巻き毛にはひどい寝癖がつき、床の敷き藁が彼の頭を作りかけの鳥の巣のようにしてしまっていた。

（……自分は…………、ああ、なんて低俗なんだ…………）

この忠実で、実直な部下たちが看病してくれているあいだ――自分が淫夢《いんむ》など、しかもこともあろうに、彼らが助け出したあの貴婦人に、許し難い狼藉を働いてしまった淫夢を自分が見ていたことが——手ひどく、傷よりもひどく、ジャラルディを憂鬱にする。

そのジャラルディの意識から、なぜか——、

あの盲目の男の記憶は——それだけは、なぜか、完全に記憶から失われていた。

「……報告が遅れました——あの貴婦人は……、無事です。お怪我も、しておりません。今は、カラブリア殿の屋敷で保護されております。もう——安心でしょう」

その報告が——ジャラルディの憂鬱を、また一段、深くする。

「——そう、か……………」

「あと、西欧人の傭兵隊長ですが——少し可愛がったら、あっさり口を割りました。まだ酒蒸しの牡蠣《かき》のほうが口が堅いですよ。やつは生きたままカラブリア殿に引き渡して……」

得意げに副官が報告を続ける。だが、ジャラルディの耳はそれを聞いていなかった。

(——……姫………)

もう——あの貴婦人が、カテリーナが——再び、あの広場に姿を現すことは無いだろうとジャラルディは悟っていた。もう、あのささやかで愛すべき光景は二度と、見られないのだと——もう、自分はあの貴婦人をひと目見ることも出来ないのだと——悟っていた。

(——……だから————あんな夢を見てしまったのか…………?)

夢にしてはひどく生々しく、全ての感覚と、快感の記憶が脳に焼き付いているあの夢。その夢が覚める直前——自分が、あの貴婦人に何を言おうとしていたか——そして、自分があの女性にどんな感情を抱いていたのか————おそらく、絶対に忘れることが出来ずに、彼を一生苦しめるだろうその想いを、ジャラルディは胸の奥に、沈める。

ジャラルディは、伏せていた顔を上げ——部下たちを見、そして言った。

「……あの作戦の——損害は?」

「はい——八名、戦死しました。ほかに……、重傷者が二名、自決を願い出ています」

「……そうか——わかった。彼らには私があとで話し、直に命じよう——」

「他の負傷者は大丈夫でしょう——フランティースは右脚を無くしましたが……、これで念願の厨房《ちゅうぼう》勤務になれると、あいつ、かえって喜んでいましたよ」

デイヴァッドが、肩をすくめて言うと——他の隊員たちも、どっと笑った。

奇跡のような勝利だったが——だが、十名の部下たちが命を落としていた。重くなった空気の中で、数名の隊員たちが友を悼み、腕を組んで祈りを捧げる。

そこに——兵士たちの輪が揺れると、そこから灰色の砲兵の服装が覗いた。

「おお! ようやく起きたか! ははは。何かいい夢にでも見入っていたのか?」

「……!? ——い、いえ…………」

ステンマンが兵士たちをかきわけて歩き、ジャラルディを見て愉快そうに笑う。その言葉がジャラルディをぎょっとさせたが――ステンマンは自分の言った言葉もすぐに忘れ、

「もう聞いておるだろうが――作戦は成功だ。人質も無事、保護された。……わしと君は、近いうちに査問にかけられるかもしれんが――まあ何とかなろう」

ぽん、とジャラルディの肩を叩き、安心させるように言った。

「そうですか――申し訳ありません。砲列長にまで………」

ジャラルディが声を落とし、ステンマンに詫びると――不意に、兵士たちの背後から、

「――それは問題ない。ははっ、それ以前に君らの査問自体、行われないさ」

その言葉と共に、ファルコが姿を現した。金の前髪を指で弄びながら――数日前とは別人のような、光り輝くほどの自信と才気に満ちあふれた美青年《ファルコ》が姿を現した。

「……なぜ、君がここに………？」

「なに。たまたま、さ――今度の事件をもみ消すのに忙しくてね……。もし君が駄目だったら、贈賄に使う金が安くなると思って、ね。様子を見に来たのさ」

そんな憎まれ口でさえ、今のファルコの口から出ると、なぜか――彼に親愛の情を感じてしまうほどに魅力的だった。

ジャラルディは、太陽神のようなファルコの顔に目を細め、

「……あの方は――もう、大丈夫か？」

その問いを口にし、わずかにカテリーナの面影を思い出しただけで、ジャラルディィの胸の奥がちくりと痛んだ。もちろん、そんなことは知るよしもないファルコは眩《まぶ》しく笑い、

「ああ。あのときは、かなり怯えていたんだが――今は、だいぶ良くなったよ。……そうそう、君のことをずいぶん、姉さんは心配していたんだが――――――、ははっ、いい土産話が出来たよ。姉さんも喜ぶだろうな」

「そうか――、……あの方が――――――。……いや、なんでもない………」

めずらしく口を濁したジャラルディィに、デイヴァッドたち龍騎兵が驚いたような目を向けた。うつむくように目を伏せ、沈黙したジャラルディィに――ファルコが言った。

「じゃあ――僕はこれで失礼するよ。……――今度のことでは、君に借りができた。いつか、きっと返す――――――」

「気にしないでくれ。自分は……、自分と部下は、務めを果たしただけだ――」

そのジャラルディィの言葉に、ファルコは小さく肩をすくめ、くるりと踵を返す。

「まあ、いいさ――だけど、覚えておいてくれ。僕はこの借りは――絶対に、返す」

そう言って歩き出したファルコは――ふと、何か思い出したように足を止めた。

「そうだ――――忘れるところだった」

振り返ったファルコの顔には――わずかに憎々しげな、そしてなぜか、心地良い敗北感の笑みが浮かんでいた。

「姉さんは――しばらく、僕の屋敷の外には出さないつもりだ。わかるだろう？」

「……ああ。それがいいだろう――せめて、この戦争が終わるまでは…………」

「そういうことだ。だから――――姉さんが、退屈して寂しがるだろうからな。

――たまには、屋敷に顔を出して姉さんと会って、話をしてやってくれないか？」

「――自分が……、あの方と……!?」

驚き、言葉を失ったジャラルディに――ファルコは、片目を閉じて見せ、言った。

「……と、姉さんに頼まれたのさ。これを伝えなかったら、叱られるところだった――」

「――…………」

まだ、言葉を見つけられないでいるジャラルディの前で――ファルコは、

「たまには、あのがき共も連れてきてやってくれ。風呂《ふろ》と、食事を用意しておくよ――」

「――……ああ。約束する。……ありがとう――」

「……ははっ、それは――こっちの台詞《せりふ》だ。……まだ礼を言ってなかったな」

ファルコは――西欧人の彼は、敵である帝国の親衛隊員に向けて、言った。

「……ありがとう――。…………じゃあ、またな――」

春の夜の夢

――1624年　ヴェネツィア共和国　ヴェロナ郊外

1622年——。

私《わたし》は、キャシアス・ジレ・パルヴィスは、ヴェネツィア共和国とアイマール帝国の捕虜交換によって、四年間の虜囚生活を終えて解放され、祖国へと生還することが出来た。

ロンバルディア東方辺境の街、フェオダールで自由の身となった私を待っていたのは、わざわざ出迎えに来てくれた旧友ファルコとの再会、そして共和国元老院からの召還命令だった。兄の戦死によりパルヴィス家の嫡子《ちゃくし》となった私は、同時に元老院議員に任命され、そして私の捕虜としての四年間を報告するため、祖国ヴェネツィアへと急ぎ帰還した。

いや——正確には、違う。

私が釈放された街、フェオダールには、ほかにも私を待っていてくれたものがあった。

それは——私が帝都で出会い、そして別れた、あの奴隷少女たちだった。

帝都の奴隷市場で、私が買い取って、そして私が帝国の捕虜となるまでの短い日々を共に過ごした美しい奴隷少女たち。愚かな私が、まとめて恋におちた愛《いと》おしい少女たち。

そして——私が、生涯で初めて生命を賭《か》けて戦い、守った少女たち。

私が、帝国の捕虜となるのと引き替えに、奴隷の身分から解き放ち、帝都から脱出させたあの少女たち——。

銀色の姫君ビアンカ、亜麻色の髪の貴婦人セシリアとその娘の幼いフローラ、蜜色《みついろ》の肌をした帝国の少女ミア——私の、奴隷少女たち——。

私は、四年の月日を経て、愛おしい彼女たちと再会することが出来た。

どのような奇跡が私と、彼女たちを守り、そして導き出会わせてくれたのかは解《わか》らない。

だが、私にはその運命の奇跡よりも——、
彼女たち皆が、私が彼女たちに抱いていたのと同じ想《おも》いを、私に向けていてくれたことが——四年のあいだ、彼女たちが変わることなく私を待ち続けていてくれたことのほうが、私にとっては得難い奇跡だった。


ひとを愛する喜びが、そのひとの愛で報われるとは——私は、何と幸せなのだろうか。

私と、愛する女性たちは、再会の街でお互いの全《すべ》てを愛しあい、契りあった。

そのあと、私たちはヴェネツィアに戻り——私は再び軍人として東方の戦場へと戻ることとなった。愛しいひとたちを祖国に残して。

そして彼女たちは、私を再び——待っていてくれた。二年のあいだ、私を——。

＊

春の野で温められてきた微風が、夜の薄闇《うすやみ》の中をゆっくりと、漂う。

木の葉一枚も揺らさない、かすかで、忍び笑いするような夜風はその中に、春の野原が祝福してくれたような甘い空気を孕《はら》んで――ゆっくりと、いつか昇る朝日に蒸散させられるまで、ゆっくりと夜の中を漂ってゆく。

利鎌のような月が銀色の光を投げている夜の世界は、静かで、平和だった。

その夜の中に――ひとつの別荘が、あった。

ヴェロナの市街から遠く離れたこの別荘には、夜の街の騒がしさも、星のような灯火の灯《あか》りも、人いきれで濁った空気も届いていない。夜の闇が他の世界と切り離したような、夜空に浮かぶ別の惑星のような場所に、その別荘はあった。

塀に囲まれた別荘の庭は、深い森のようで――その手入れをされた木々の合間では、夜の鳥が、澄み切った鈴の音のような歌を静かに、静かに歌っていた。

夜の、甘く温かな風の中に、小夜鳴鳥《ナイチンゲール》のさえずりが何かの香気のように広がる。


「――…………」

男は――――馬を厩舎《きゅうしゃ》に繋《つな》いだその男は、黒というよりも煤色《すすいろ》に近い漆黒《しっこく》のマントを身にまとい、かちゃりと剣帯を鳴らしながら夜の庭を歩く。彼の長靴が芝草を踏むたび、その靴音がひどく大きく聞こえて、それがかえって夜の静寂を深くする。

木々のあいだを、男が進んでゆくと――その足音にさえ驚いて、夜の鳥が鳴くのを止めて身を潜め――そしてまたすぐに、恋の歌を歌い出す。

男は――夜闇の木立のどこかにいる、その小夜鳴鳥の歌い手のほうに目をやり、苦笑して顔をほころばせる。黒い髪のその男は、端正な顔立ちを走る古傷のせいか、場違いなほど精悍《せいかん》そうにも見える青年だった。

ヴェネツィア貴族の服装をしたその青年は――、

「――ははは……、僕と同じじゃないか……」

愉快そうに、一人つぶやく。彼が顔を上げた先には、糸杉の梢《こずえ》に掛けられた銀色の鳥籠《とりかご》があった。今は見えないが、その籠の中には雌《めす》の小夜鳴鳥が入れられているはずだった。その囚《とら》われの姫に引き寄せられて――この夜の庭に、詩歌う雄《おす》の小夜鳴鳥がやって来ているのだ。そして相見《あいまみ》えることのない雌に恋い焦がれて、夜を通して歌い続ける。

男は――キャシアスは、立ち止まり――、

「――いや……、僕は……、幸せだ」

ぽそり、遠く鳴く鳥の声にすら消されてしまいそうな声でつぶやいたキャシアスは、梢に吊《つ》り下げられた鳥籠に手を伸ばした。庭師の工夫を無にしてしまうことに胸の中で謝りながら、キャシアスは、籠の中でひどく暴れる小鳥の羽根を折らないように気を付けて籠を開ける。籠から、囮《おとり》になっていた雌の小夜鳴鳥が羽ばたき、飛び出していってしまうと――再び、夜の庭を静寂が支配した。温かい風の奥で、遠く、鳥が鳴く。

灯りも無しに、月明かりと記憶だけを頼りにして、だがキャシアスはしっかりした足取りで庭を進む。芝草の間に埋められた敷石の道を足の裏に感じ、そこを進んだ彼は、花木のあいまから覗《のぞ》く白い建物を目に留《と》め――その顔に、眠りにつく時のような、やさしげな笑みを浮かべた。そして、また歩き出す。

キャシアスは、庭の一角にある古代風《ロマン》の東屋《あずまや》で足を止めた。そこからは、この別荘の建物が一望できた。豪奢《ごうしゃ》ではないが、気品のあるその白亜の建物は彼が相続した財産の一つだった。建物の窓を飾る硝子《がらす》の向こうには、今は灯りもなく――ただ、夜の海のような闇が、建物の中を静寂と共に満たしていた。

だが――その建物の窓の奥を見る彼の目は、無人の暗がりを見るときのそれではなく、彼の顔には少し照れたような、そして満ち足りた笑みが、浮かんでいた。

大理石で組まれた東屋の奥は、泉水が湧《わ》いていた。キャシアスはマントを脱ぎ、剣帯を外して泉水のほとりに立つと――靴も服も脱ぎ捨てて、泉水の中に歩きはいる。小さな水音が、水面の波紋のように、ゆっくりと夜の闇の中に広がってゆく。

温かな夜風と、清浄な泉水の中で、キャシアスは旅程と街での逗留《とうりゅう》で汚れた体を洗う。汗と埃《ほこり》を落とした体と髪から水滴をしたたらせ、彼が水から上がると――、

「――……ミア?」

芝草の上に立ったキャシアスの前に、音もなく、小さな人影が滑ってきた。

男と比べると、ひどく小さく見えるその少女のような人影は――月の光に照らされ、男の視界の中で、彼の愛する女性の姿になる。

「……おかえり、キャス………!」

そっとささやくような、鈴の転がるような可愛《かわい》らしい声が男の耳に流れ込む。裸身に水滴を光らせる男の前に、ミアが進み出て――手にした布をキャシアスに手渡す。

男は、その布で顔を拭《ふ》きながら、ほほ笑みで顔をほころばせる可愛らしい女に言った。

「ありがとう、ミア。……みんなは?」

「ん……、平気、よ。みんな、ずっと待ってたから………」

「――ごめん。約束していたより遅くなって」

「……ううん。来てくれたから――それで、いいの………」

古典時代のような薄物の服を着たミアが、濡れた男の裸身にゆっくりと跪《ひざまず》き――手にした純白の綿布で、男の体を拭いてゆく。水滴が光る脚と、背を、腹を拭き、指の腹でなぞって、奉仕するように男の体を清め、乾かす。

「――……っ……」

肌を擦《こす》る、柔らかな女の手の温かさに、男の口から小さな息が漏れ――跪くミアの、銀の瓔珞《ようらく》が飾った短い黒髪、そして蜜色をしたなめらかなその頬《ほお》に、そうっと男の手が伸び、何か確かめるようにミアを愛撫《あいぶ》する。

「……キャス……」

ミアが夜空のような瞳《ひとみ》を閉じ、ほほ笑み――その手に、頬を寄せる。髪と、顔をやさしく嬲《なぶ》られたミアが、ひどくごつく見える男の手指に口付けし、そのまま――赤い花弁のような唇を男の手から腕に這《は》わせて、ミアは男に寄り添い、立つ。

ゆっくり、紙人形のように立ち、男に寄り添ったミアが、熱い息を吐く。

「……は、あ……………、キャス……！　キャス………………！」

「……ミア――」

何かの魔法の言葉のように、お互いの名前が全ての想いを伝える。裸の男の胸に身を寄せたミアは、濡れた胸筋と肋《あばら》を撫《な》で、そこに唇を寄せ――傍らの、月光と星を映す泉水のような瞳を開き、男を見上げる。わずかに開き、息を漏らす唇に男はゆっくりと顔を近づけ、静かに口付けする。

「……っ、ん…………、キャ、ス…………！」

男の裸身に寄り添う、衣をまとった女の姿は――ひどく淫猥《いんわい》なものに見えていた。それが逆のときよりも、破戒的ですらあった。

「キャス……！　あは………」

背伸びしたミアの体が、固くそそり立った男の勃起《ぼっき》に触れて、押し当てられる。その肉茎の熱さを奪おうとするように、女は強く抱きつき、そして躊躇《ためら》うように腰を揺らす。熱くとろけた唇の奥に、唾液《だえき》を流し込み、そして舌とともに吸い——ミアを体の芯《しん》から溶かしたキャシアスは、力無いその柔らかな体に手を回し、強く引き寄せる。

「あ、っ………!?」

男の手が、蛇のように動いてミアの服を縛っていた紐《ひも》を解く。するり、薄絹の衣が滑らかな肩と、背筋から滑り落ち、蜜色をした飴《あめ》菓子のような肌と裸体が月光に晒《さら》される。

キャシアスの前で、全てを露わにされたミアが、怯《おび》えたように顔を伏せ、瞳を細める。

「——綺麗《きれい》だよ、ミア………」

男がミアの耳元に口付けしささやくと、それだけでミアの肌が、貫かれたときのように震え、唇は熱で濁った切ない悲鳴を漏らした。ミアの背を撫でていた男の手が、尻《しり》と腿《もも》の膨らみに伸び——その谷に潜り込んで、ミアの声と体をまた震わせる。

「あ……！　キャス、いや……！　や………」

そうっと、蜜を滲《にじ》ませた襞《ひだ》と固い肉門をなぞられたミアが小さな悲鳴を上げる。ミアの喉《のど》が仰《の》け反《ぞ》ると、そこから続く線の下の、果実を切って張り付けたような二つの乳房も、汗を浮かべて小さく、震える。

「——ごめん。明日の朝には……、僕は、行かなくちゃならないんだ——」

ミアの痴態を、やさしく見つめながら——男が小さく、言った。

その声に、小さく頷《うなず》いたミアの頬に男の手が触れ、その手は唇を嬲ってそのまま滑り落ち——痛いほどに高ぶっているミアの固い乳首を、そこだけを、そうっと撫でる。

「……っ、ん！　は、っ、あ………！」

甘い悲鳴を上げたミアが、男の腕の中でぐったりと力を失う。濡れた衣のようなミアの手が、動き——彼女の滑らかな腹筋を嬲っている男の勃起に、そうっと彼女の手が触れた。灼熱《しゃくねつ》した亀頭《きとう》を慈しむように包み、摩《こす》り、剛肉を包む薄皮のような包皮を捕らえて、ミアの手が何か別の生き物のように、男の怒張を手淫《しゅいん》する。

そのまま、崩れ落ち跪きそうになるミアを、抱きかかえるようにして男はささやく。

「ミア……、大好きなミア……。——でも、君はこんなにいやらしい娘《こ》だったかな？」

「……え……、だって……、あのとき、キャスがあんなに、あたしのこと………！」

「ははは……、大好きな可愛いミア——。……いやらしいミアは、もっと好きだよ」

「……ん、っ……、もう……！　だって、だってキャスがこんなにしたんだよ………！」

閉じた瞳と、剣のような形のいい眉《まゆ》を拗《す》ねたようにひそめさせ、ミアは小さな声で男を責め、そして小鳥がついばむような口付けを、男の裸の胸に降らせる。その彼女に、

「……ここで――欲しいの、ミア……？」

その男の声に――ミアは熱病に冒されたような瞳をかすかに開き、男を見――そして、逞《たくま》しい勃起を手淫していた手を離した。

「ん……、うう、ん………。――ごめん、ね………」

ミアは、男の胸に顔を寄せ、熱いささやきで男をくすぐる。

「みんなに悪いし……、あとで怒られちゃうから………。――それに……」

「――ん？」

男はミアの髪に口を埋め、途切れたミアの言葉を待ったが、

「ううん、なんでも……、ないの。じゃあ、あたし、みんなに知らせてくるね……」

かすかに、寂しげな笑みを浮かべ首を振り――そうして、芝草の上にずり落ちた衣を取ろうとしたミアを、男の腕が止めた。

「だめ――。……そのままで、行っておいで。そのほうが、わかりやすいだろう？」

「え……。裸《あび》、で……？　う……、ひどいよ………」

この短い逢い引きが、抜け駆けが皆に知られてしまうのを恐れて、ミアが身を固くする。

だが男は、ミアが衣を拾うことを許さず、その耳にゆっくりと言葉を吹き込んだ。

「僕も、このままで行くんだから――行って、みんなをミアと同じにしておいてよ」

「ん……、うん………。――早く、来てね………」

ゆっくりと男に背を向け、芝草の上を歩いてゆくミアの後ろ姿に——未《いま》だ少女のそれのような、固く引き締まった尻と腿の動きに、キャシアスの股間《こかん》がさらに熱くなった。

——もしかしたら…………、夜闇の中に消えたミアの姿に、キャシアスは一瞬だけ、自分の選択を後悔し、そして——その後悔を、小さく頭を振り捨て去った。

三人の奴隷少女のうち——誰《だれ》か一人を選んで妻にし、あとは自分が面倒を見て、他の男と幸せになれるよう尽力してやる、という選択も、あったはずだった。

だが——二年前の自分は、捕虜から解放され、そして奇跡のように彼女たちと再会したキャシアスには、その無難な選択を選べるような理性も落ち着きも無かった。四年間の異国での虜囚の毎日を、ただ、あの奴隷少女たち——ビアンカ、セシリア、そしてミアと再会できる日への希望を糧《かて》に耐え抜いてきた彼には、キャシアスには、彼女たちの誰か一人でも失うことは——自分の精神や体のどこかを失ってしまうようで——耐えられなかった。

そうしてキャシアスは、あの日——彼女たちと再会した、あの二年前の夜——。

彼女たち全員と、愛を、そして一生を誓い合い——。

戸惑いながらも、それを受け入れてくれた少女たちと——肌を重ね合っていた。

その、神の教えに背いた四人の初夜のあと、キャシアスと少女たちはヴェネツィアに向かい、そこでキャシアスはパルヴィス家の正式な跡取りとなった。

戦場に赴くこととなったキャシアスは、三人の女性をヴェロナの別荘に住まわせ、短い一時をそこで過ごしたのち、東方の戦場へ――地獄の悪鬼さえ目を背ける、帝国との戦場へ、後世に東方七年戦争と呼ばれる過酷な戦場へと旅だった。

キャシアスは、その戦場を辛くも生き延びた。生命に関《かか》わるような負傷もし、危うく敵手に落ちかけたこともあったが――彼は、地獄の戦場を貴族士官として戦い抜き、そして生き延びた。最初は師団付きの参謀であった彼は、仲間のヴェネツィア貴族や傭兵隊長《ようへいたいちょう》たちが次々と戦火に倒れ、そして戦場を放棄してゆく中で、戦い続けていた。

その戦いの中で、キャシアスは愛しい女性たちからの手紙や報《しら》せを何度も受け取っていた。その一つが――彼女たちの一人、セシリアの妊娠だった。

それからさらに一年後、キャシアスは母子共に無事の、長男の出産を知らせる手紙を受け取った。返す手紙で、彼はその赤子に、戦死した兄の名前クリストフォロを贈った。愛する女性たちへの愛と、感謝と、祝福の言葉と共に――。

それから一年後――。

東方での戦火はとどまるところを知らずに燃え広がっていた。帝国軍の猛攻は東欧のほとんどを飲み込んで、いくつもの都市を瓦礫《がれき》に、豊かな穀倉地帯を焦土と化させていた。
陸上では、西欧軍の牙城《がじょう》、ウィーンの城壁に迫る勢いで帝国軍が二方面作戦を展開させ、地中海ではヴェネツィア共和国の要衝クレタ島の攻防が、海で、陸で、続けられていた。
西欧軍も、そして帝国軍も――この戦いに疲弊《ひへい》しきっていた。
だが――戦争は終わらなかった。
1623年――例年よりも早く訪れた秋と、来年の凶作を予言する不吉な長雨と寒気が、東欧の戦場を、ようやく膠着《こうちゃく》させた。どれほど大量の血を流しても得られなかった、短い平安の時が戦場を支配し、両軍は戦線を下げ、兵員を減らして防衛に入った。これで来年の春までは――刈り入れが終わるまでは、そして雨と雪が消え、泥濘《でいねい》が野原に、泥川が道に戻り乾くまでは――戦争は、一時、眠りにつくはずだった。
そして――。
1624年の早春、キャシアスは彼の指揮する第十七連隊をいったん離れ、一人帰国の途についていた。戦場が膠着状態にある合間を縫っての、共和国元老院への報告と増援要請のための帰国だった。
その任務が終わったあと――キャシアスには、短い、短い休暇が与えられた。

「…………」

キャシアスは首を振り、貴重な時間を浪費していた追憶を頭から振り払った。そして、糸杉の梢に見え隠れする銀色の月を見――足下にあった、ミアの持ってきた布を腰に巻き付けて、歩き出した。

本来なら、昨日の夜にはこの別荘に入っているはずだった。彼の父、ロレンツォを説得するのが予想以上に手間取ってしまったせいで、結局、キャシアスの自由になる時間はこの夜だけになってしまっていた。

「……それでも――父が納得してくれただけでも感謝しないと、な………」

キャシアスが、彼が――長男の彼が、親の決めたオーストリアの姫との縁談を断って、何処《どこ》の誰とも解らない奴隷上がりの女を妻にすると――そうキャシアスが言い放ったときの父の顔を思い出して、わずかに、キャシアスの胸が痛んだ。あの、精力的で豪放だった父親が――つい先刻の別れの時に――ひどく、疲れ、年老いていたように見えていたのをキャシアスは思い出していた。

自分もいつか、息子にあんな表情を見せるときが来るのだろうか……？――と、彼はふと思い――小さく笑って、歩き続ける。

キャシアスは、庭を抜けて、白い柱と壁が薄闇の中に浮かび上がっている館のほうへ歩く。温室のように、高価な板硝子がふんだんに使われた窓が、月の明かりを吸い込んで黒い真珠のように輝いていた。その奥には――灯りは、見えていなかった。

開け放たれていた扉を潜り、キャシアスは別荘の館に入る。磨かれた石材で組まれた床を踏んで彼は進み――そして、帝国風に敷かれた絨毯《じゅうたん》を踏みながら、彼は階段を上がる。

客間や談話室、小さな舞踊室が並ぶ二階の奥に、キャシアスは進み――、ひとつの部屋の前――そこで、蜜色の光芒《こうぼう》を広げていた銀の燭台《しょくだい》の前で、キャシアスは足を止め、彼の背丈ほどあるその燭台を手に取った。

柔らかな蝋燭《ろうそく》の灯りを揺らしながら、彼は、目の前の扉を開いた。金属と木の軋《きし》むかすかな音を放ち、扉が開き――その奥に、燭台を掲げ持つ男の影が、音もなく滑り込む。

「……あ………」

薄闇の奥で――小さな、誰かの声が、漏れた。その声に耳をくすぐられ、キャシアスは部屋の中央まで進み、ほほ笑んだ目をすっと細める。

カーテンが引かれていない硝子の大窓からは、彼を館まで導いたのと同じ銀色の月明かりが差し、部屋の中を白と黒で浮かび上がらせていた。純白のクロスが掛けられた卓の傍らに燭台を置いたキャシアスは、月光と、蝋燭の灯りが混じるほうへと歩いた。

「……キャシアス……？」

わずかに不安そうな声が、小さく、薄闇の向こうで震えた。耳と、そして魂が歓喜で溶けてしまいそうになる、その愛おしく、懐かしいひとの声に――キャシアスは近づく。

「――遅くなって、ごめん……」

男の前には――艀《はしけ》ほどもある大きなベッドが、これも帆布ほどある純白の布を幾重にも掛けられて、白く浮かび上がっていた。そしてそこに――、

「――セシリア、ビアンカ……、ミア………」

愛しいひとたちの名を呼ぶと――彼女たちの姿が、そこにあった――。

「もう……、今日は、もう来てくれないんじゃないかって、思ってた………」

「にいさま……、うれしい――やっぱり、来てくれたの……」

「……キャス………、あたし………」

彫像のように立つキャシアスの前で、柔らかな影を落とす姿が、いくつも揺れる。金色、銀色、そして漆黒の髪が揺れるのが見え――その下で、石花石膏《アラバスター》のように混ざり合った美しい肌の色が――絡み合い、立ち上がる。

触れたら染みが付いてしまいそうな乳色の肌。何かの花を隠した絹布のような白い肌、そして薄闇の中で汗を浮かべ、じっとりと甘い輝きを放つ蜜色の肌。

愛おしい三人の女たち――その姿に目眩《めま》いさえ感じて、キャシアスが笑う。

「はは……、ごめんね。本当はみんなと食事して、お話して、踊ったりして――」

男が一歩、進み出ると、

「うん……、ずっと、待ってた——————。

でも、いいの。来てくれたから…………。あなた…………、逢いたかった…………！」

セシリアの声が、責めるようにして男の耳朶《じだ》を熱く刺す。その言葉といっしょに、ベッドから離れた影と金色の髪は、シーツをまとったまま——すうっと、何かの絵のように薄闇の中に立った。

「——セシリア……、僕も、逢いたかったよ。ずうっと……」

「う、ん……！　わたし…………」

数年ぶりに逢っても、最初の時に感じた印象が全く色あせない——いつ見ても、はっとするほど美しいセシリアの顔に、小さな涙滴とほほ笑みが浮いていた。そのセシリアの姿に、両側から、彼女を飾り立てようとするようにふたつの姿が、寄り添った。

「むう……！　あたしだって、ずっと待ってたんだよ？　待ってたんだもん……」

「ははは……、ごめん——ビアンカ、逢いたかったよ…………」

「ん……、にいさま……、あたしも…………」

絡み合ったような、三つの裸体に——キャシアスは、ごくりと、はしたなく喉を鳴らしてしまい、それをごまかそうとして笑う。そして、手を伸ばし、

「ミア…………、逢いたかったよ。ずっと…………」

「あ……、キャス…………！」

つい先刻、口付けを交わしたときそのままの姿で――銀の瑶珞だけを身につけたミアが、自分へと伸びてきた男の手を見、怯えたように裸身を捩《よじ》らせ、セシリアの後ろに隠れる。

「や……、恥ずかしい……」

そのミアの声に――シーツで体を隠していたセシリアが、薄闇の中でも解るほどに顔を赤くし、罪を知った時のイヴのように、固く体を隠そうとする。

「も、もう……！　ひどい、わ……、キャシアス……！

こんなのって……。――ミアのこと、裸にして戻したりして……！

それに……、あなたまで、そんな……、はだか、で……」

少女のような声で責めるセシリアに、キャシアスは――彼も、何年も前に戻ったかのような、悪戯《いたずら》っぽい少年を思わせる笑みを浮かべ、答えた。

「ははっ。僕が、裸で行くから――みんなも同じにしておいてって、ミアに頼んだんだ。ミア、ちゃんと伝えてくれたかい？」

「ん……、う、うん、でも……」

答えの解っている問いを投げ、悪戯っぽい笑みを浮かべている男の前で――ミアが叱《しか》られた子犬のようにうなだれ、腕で裸体を隠し、前に出る。ミアが動くと、彼女の体が留めていたシーツがずれ落ち――セシリアの裸体を隠していた布の合間から、彼女の下着とコルセットが覗いた。

「や、だ……！」

シーツを引き寄せようとしたセシリアの手を、ビアンカが止め——妖精《ようせい》か何かのように、一糸まとわぬ裸身に月光を浴びていたビアンカが、静かにシーツを奪い取る。

「……だめ。セシリアも、あたしたちといっしょに……、なるの」

「え、っ………、も、もうっ………！」

下着から溢《あふ》れそうになっている、豊かな裸身の曲線が男の目を刺す。キャシアスは、興奮で自分の口と喉が言葉も出せないほどに渇ききっているのを感じ、背後のテーブルに手を伸ばす。彼は、そこに設えてあった、簡単だが贅《ぜい》を尽くした夜食の盆をさっと見、そして銀の水盆の中で冷やされていたぶどう酒の瓶を取った。月の光を固めたような、瀟洒《しょうしゃ》なグラスに赤い酒を注ぎ——舌と、喉を湿らせて言葉を取り戻し——男は言った。

「駄目じゃないか、ミア……。僕が頼んでおいたのに——」

「う……、だっ、て………、セシリア、恥ずかしい、って………」

ミアが、身を縮めるようにして——そっと、男を見上げて訴える。

「あたしは——ちゃんと、ミアといっしょにしたよ。ほら——ね……、にいさま」

豊饒《ほうじょう》の女神のように、ゆらり、誇らしそうに両腕を広げたビアンカに、男が目を細める。

「ああ。綺麗だよ。すごく綺麗だ——ビアンカ。ミアも………」

キャシアスの声に、一人、絵画のヴィナスのように立っていたセシリアが、

「だ、だって…………、ひどいわ…………！　こんな…………」

顔を赤らめたまま、セシリアが責めたが――キャシアスは、あの悪戯っぽい笑みを浮かべたまま、グラスを干し――セシリアに、何か問うような目を向け言った。

「……セシリア――どうして君だけ……？」

まさか――いつもそうやって、ミアのこと、意地悪して苛《いじ》めたりしているの？」

その声に、ミアが先に、自分が叱られたかのようにあわてて首を振る。

「う、ううん……！　そんなこと――ない……！」

「そう、よ……！　もうっ、あなたこそ……、意地悪、ばっかり…………！」

「ははっ……、ごめん、セシリア――」

キャシアスが、グラスを置き、両の手を差し出すようにして広げる。

「セシリア、ごめん……、つい、子供みたいな意地悪しちゃって――。

……綺麗なセシリア、大好きなセシリア、僕の――セシリア…………」

待ち焦がれていた男の声で、何度も、名を呼ばれ――少女のように拗ねていたセシリアが、その顔に別の赤みを浮かべて――顔を上げた。

「もうっ……、いじわる………」

すうっと、氷が溶けて流れるようにセシリアが動き、広げた男の腕の中にその体を埋める。亜麻色の髪が揺れ、彼女と、彼女を抱く男の腕を薄絹のように覆った。

腰布をまとっただけの、男の裸体に肌を寄せ——お互いの肌の熱さに焼かれて、男と、女が吐息を絡ませる。

「は、あっ……！　キャシアス……、あなた………」

愛撫するような吐息で男の胸を焼きながら、セシリアの唇が震え、男を求める。

「……セシリア………、セシリア、セシリア………」

呪文《じゅもん》のように、愛おしい男の口で自分の名を呼ばれ、セシリアが甘く身悶《みもだ》えし、男に身を寄せたまま、その顔を見上げる。鋼玉を溶かしたような両の瞳が、長い睫《まつげ》の奥で潤む。

「——セシリア………。……ただいま——やっと、帰ったよ……」

「……！　ん、うん……!!　おかえり、あなた………!!」

女の言葉が終わらぬうちに、二つの唇が、飢えたように激しく、重なりあった。はしたない音を立ててしまうほど、激しく、お互いを求め与え合う口付けの音が、燭台の光芒の中を波紋のように広がってゆく。

「……ん、っ……、は、あ………!!」

口付けのあいだにも、男と、そしてセシリアの手は互いの裸体を這い、かき抱く。男の手が、セシリアと男の間でよじれていた下着の紐に伸びると——解けた下着の感触とその意味に、びくっとセシリアの白い肌が震えた。

その熱く脱力したセシリアの両側から——二つの裸体が、そうっと忍び寄る。

「ん、むう……、ずるいよう……。――にいさま、あたしも、ね………」

女神に仕える、二人の巫女《みこ》のようなビアンカと、ミアに、二人の女の全く違う美しい裸身に男は交互に目と、笑みを向け――そして、

「ははっ……、ビアンカは……、行儀が悪いな――」

「だってえ………。――っ、んぬ………、ぁ、は………」

背伸びをしたビアンカの、炎が燃えているような赤い瞳を見つめ――そして、その瞳よりも赤い小さな唇に、男は口付けし――笑うように開かれた少女の口を、貪《むさぼ》る。

三つの裸体を抱くようにして、男はビアンカの唇を貪り、その瞳に口付けする。男の腕と、胸の熱さだけ与えられて放り置かれたセシリアとミアが、小さく身を捩らせた。

「っ、は……、あふ………。にいさま、だいすきよ………」

「ビアンカ……、甘い唇の、可愛い僕のお姫さま………」

言葉と、口付けで愛撫されたビアンカが、白い喉を仰け反らしてあえぎ、熱い息を漏らす。そのまま――男は、困ったような、また拗ねたようなセシリアの瞳を見つめながら、今度は、彼の左腕の中で身を縮めていたミアを引き寄せ――驚いたミアに、唇を寄せる。

「あ……、や……、んっ………! ん………」

熟れていない果実のような唇を奪った男の口は、そのまま、ミアの唇から苦痛混じりのような吐息と、唾液を溢れさせ、彼女を弄《もてあそ》ぶ。

そして——粘質のかすかな音を残して、男がミアから離れると——、

「……えっ……？　や、だ…………」

男は、すっとセシリアの細いあごに指をあてがい、不安そうだった唇を——再び、奪う。

ビアンカと、ミアの残した唾液が絡む男の舌が、厭《いや》らしい蟲《むし》のようにセシリアの口を割って、彼女の唇と舌を嬲った。

「ふ、ぁ……、あん……！　もうっ…………、や、んっ…………！」

「——みんな、いっしょだよ……、ずうっと……。大好きな、みんな…………」

男のささやきと、背徳の味のキスがセシリアの眉をわずかにひそめさせ——そしてやさしく、うっすらと開いた藍色《あいいろ》の瞳が、愛おしそうに男を見つめる。

「……もうっ…………、はずかしい…………」

セシリアが、吐息と共にささやく。

その背後で、すべて解っているようなビアンカが、ゆらりと歩き——男の腕から解き放たれて、力無く立っていたミアを背後から——そうっと、襲う。

「……ミア…………、こっち——、ね…………？」

「えっ…………？　や、やだ…………、——あたし……、う、う…………」

未だ、少女のそれのような色香を残すミアの蜜色の裸身に、魔性すら感じさせる純白の肌のビアンカが、その裸体を重ね合わせ、細い腕を回してミアを捕らえる。

「ミアたん…………、キス…………」

「……えっ……？　……う、やっ、や…………、はずか、しい…………」

ミアの肌に——首筋に、ビアンカの赤い唇が触れ、そうっと這うと——それが毒牙《どくが》だったかのように、ミアは力無く震え、そのまま唇を奪われる。

「ん、っ…………！　い、や…………」

力無いミアの悲鳴が漏れ、それを小さなビアンカの含み笑いが包み、消し——褐色の肌に、純白の肌が重なり合って混じり合う、ひどく退廃的で淫猥な光景がそこに生まれる。

全く違う、二つの美しい女が——飢えたように貪りあい、満たされないまま愛しあう。

「ふ、あ…………、キャス…………、——ひどい…………」

助けを請うようなミアの瞳を、男は、ほほ笑みで突き放して、捨て——、

「……セシリア——」

キャシアスは、唇が痛くなるほど求め合った口でささやき、そして腕の中のセシリアから、最後の布きれを剥《は》ぎ取《と》って——女に見せるようにして、その薄布を手にして口付けし、そうっと床に落とした。

「あ……、キャシアス…………」

男の名を呼び——美しい体以外の全てを奪われたセシリアが、わずかに後ずさる。

月の光と、燭台の光芒のあいだで——男なら誰でも夢に見るような、艶《つや》やかな裸体が立

ち、ゆっくりと四肢《しし》を重ね合わせ──恥じたように、セシリアの裸身が震えていた。

「──おいで……、綺麗な、素敵なセシリア………」

「ん……、うん──」

再び重なり合った男と、女の裸身が、唇で繋がる。舌を絡ませ、離れた唇が──、

「……ねえ……、──実家であの子に、ぼうやに会ってきてくれた……？」

女の、わずかに誇らしげなささやきに、男は彼女に解るよう大きく首を振り、答える。

「ああ。すごく元気そうで、いい子だったよ。……ありがとう、セシリア──」

「ん……！　うん………！

あの子、ね……、あなたにそっくりだったでしょ……？　もう、歩いてたでしょ？」

「ああ。……はは、僕が父親だって、解ってくれたかな──。

あの父さんが、あれだけ嫌がっていたのに──今じゃ、あの子にべた惚《ぼ》れだったよ」

「うん……。──よかった………！」

「あの子、妹たちや乳母にもよく懐いていてくれて──。

これで──僕も、安心してまた行ってこられるよ……、セシリア………」

「ん……、うん……………。──でも…………」

「……なんだい？」

「……ううん、なんでも……、ないの──。

そう……、フローラには、会いに行ってくれた？」

「もちろん――。……すごく大きくなって、すごく、綺麗で可愛い女の子になってた。グリマーニの家で会ったんだけど――あの家でも、全然、物怖《ものお》じしていなかったよ。勇気のあるところも、君に似てくれたんだね………」

「う、ん………！　ありがと………。ね、キスして………」

お互いの耳元にささやきあい、口付けし、そして飢えたような手でお互いの裸身を撫で弄び――そして、今まで背や腿の滑らかな線と肌だけで満足していた男の手が、セシリアの豊かな二つの乳房に、そうっと滑って――ぴくっと女の背筋を震わせる。

「あ……、あ、ん………、ん……、なんだか………」

セシリアは、背を反らせて男からわずかに離れると――豊かに膨らみ、垂れ下がる寸前で張力を保っている二つの大きな胸に――男の手がやさしく弄り、指を埋めている柔らかな乳房に目を落とし、小さく、つぶやくように言った。

「クリストフォロが産まれて………、――また、大きくなっちゃった………。……ねえ、わたし………、なんだか………」

すっと、男から離れ――訴えるような、すがるような、そして何かに怯えるような瞳で、セシリアは男を見つめる。

「……わたし………、変わっちゃったでしょ……？　――年寄り、みたい……？」

その、怯えているような声に——一時だけ、キャシアスはその言葉の意味が解らずにいた。そしてすぐ、男は、自分が何か問いかけるかのような笑みを浮かべ——、

「——……うん。君は——変わったよ…………」

その言葉と共に抱き寄せられ、セシリアは——痛みに曇った声で、言った。

「そう……、そうよね——わたし……、おばさんになっちゃったかな…………」

「違うよ——」

即座に、狙《ねら》っていたかのように放たれた男の毅然《きぜん》とした声に、そしてどこか愉快そうな声に、セシリアははっとして顔を上げた。

「君は——綺麗になった。僕が知っていた、どのセシリアよりも——今の君は綺麗だ」

「……⁉　え……、キャス…………‼」

「君は、会うたびに綺麗になってるよ——この先も、きっと、ずうっと——。

だから僕は——君と会う度に、愚かな恋に落ちるんだ……。そう、今も、さ…………」

「……！　……ん…………、ありがと…………‼」

ほほ笑み、閉じられた藍の瞳から涙がこぼれ落ちる。その滴を、男の頬と唇が拭《ぬぐ》ってゆくをの感じると、セシリアは唇でそれに答え、何度も、何度も男の名をそこから漏らす。

「——セシリア………」

その男のささやきと共に、女の滑らかな腹に、強く——腰布を高々と持ち上げた、男の

勃起が押し当てられる。それまで、動く度にセシリアの腹をくすぐっていたそれの固さに、彼女の唇から貫かれたときのような、熱く小さな悲鳴が漏れた。

「やっ……、あ、は…………！　っ……、もう…………」

男の口付けに喉を噛《か》まれ、身を反らせたセシリアは——盲目の手で、そうっと汗ばんだ男の裸体を撫で——腰布をたぐり、濡れた布の上から熱い怒張を見つけ、そうっと包む。

「あ…………、ん、もう…………、もう、こんな、なの…………？」

女の、わずかに眉をひそめた美しい顔に、男はわざと息を荒げ、答える。

「だって——君や、あの子たちが裸で待っててくれたんだよ？

それに……、君と、キスをしたからだよ…………」

「ん……、でも……。あは……、いやらしいね、わたしたち…………」

「……僕はいやらしい君も大好きだよ。……それに——じゃあ、君は……、こんなに君とキスをしても、全然、固くなっていない男のほうがいいのかい？」

静かに、耳元でささやかれたその男の言葉に、セシリアは、

「……そんなの——嫌…………」

小さく、顔を真っ赤にして言ったセシリアは、その顔を隠すようにして男の胸に顔を埋め、小さく歯を立て、そのまま——ゆっくりと身を沈める。

「わたし……、いやらしいの…………」

跪いたセシリアの手が、男の腰布を解き、落とす。ささやきを漏らした唇の先で、勃起が見えない出血でもしているように脈打ち震えていた。

「……だから……、ね……、あなた……………」

下から、すがるような色を湛《たた》えて見つめてくる菫色《すみれいろ》の瞳に、男はやさしくほほ笑み返す。

その男の手が、そっとセシリアの頬と、髪を撫でると——それに導かれるように、彼女の瞳がすっと細くなり——そして、ためらいがちに開いた唇が、そっと男根に口付けする。

「……っ、ふ…………、ぬ——」

薄紫に怒張した先端を咥《くわ》えた小さな口から、唾液まみれの舌が動く粘質の音が溢れた。

その音に、怯えてしまったように動きを止めたセシリアは——だが、そうっと彼女の髪と頬を愛撫する男の手に導かれて、小さく首を動かす。

「ん、っ……、——っ、ふあ……、ん、あ…………」

怒張した勃起が、彼女の小さな口に没し、唇がはしたなくめくれる度に、切なく苦しげな女の吐息が繰り返され、そこに、ぎこちなく唾《つば》を飲む音が混じる。

技巧のない、ただ愛おしさだけを嚥下《えんか》しようとするような口の奉仕——だがそれは、はち切れそうになっていた男をかえって喜ばせる。見上げてくる、わずかに苦しげな菫色のセシリアの瞳に、男は痛みに耐えるような笑みで答え、呻《うめ》く。

「……ん、ぬ……。——ね……、わたし……、上手《うま》く、なった…………?」

見上げてくる女の瞳と、その問いに、キャシアスは無言のほほ笑みで答え——、

すうっと、男はセシリアから腰を引き、身を屈《かが》めると、

「……!?　きゃっ……」

男を崇拝するように跪いていたセシリアを、逞しい男の両腕が捕らえた。そのまま、彼女の裸体を赤ん坊のように軽々と抱え上げた男は、

「……もう、我慢が出来なくなったよ。君のせいだ……」

セシリアの髪と耳に口付けし、ささやく男の声に——

セシリアが緩やかに、もがく。

「やだ、も……！　はずかしい……」

男は、セシリアを抱き上げたままベッドへと進む。薄闇の中で、燐光《りんこう》を放っているように見える真っ白なシーツの上では——。

絡み合った飴か、あるいは魚を思わせる、二つの美しい肌が重なり合っていた。

「……っ、ん……！　や……、ふ、ぁ……、あ……！」

ベッドの一角を、シーツの波としわで台無しにしながら――蜜色の裸体を、目の覚めるような乳色の肌が襲い、貪っていた。水に零《こぼ》した油のように、決して混ざり合わないが、離れることもない――そんなビアンカの唇と、掌《てのひら》と、肌とが、押《お》し拉《ひし》がれたミアの口から悲鳴を、男の気を狂わせそうになる切ない悲鳴を溢れさせていた。

「だ、め……、え……、う……、キャス、見てる……、……ひっ、あ……！」

「あは……、いいの……。――ね、にいさま……？」

ミアの、下腹に走った滑らかな線に舌を這わせていたビアンカが――何か、いつもの彼女とは違う、暗い炎のような色を満たした赤い瞳で、男を見――赤い唇で、言った。

「――ああ。……ごめんね、ミア、ビアンカ」

「ううん。あたし――いいの。ミアのこと……、いじめてる、から……」

「……!? や……！ ひどい、よ、キャス……。――ひっ、う……」

ビアンカの、花のような赤い唇で、ミアの口をねっとりと封じ――そのまま、ミアの顔を舌で舐《ねぶ》りながら、蜜色の下腹と腿のあいだに、刺《とげ》のような爪《つめ》が飾った手指を這わせる。

「あ……！ だ、めぇ……！ や……、ふあ、む……!?」

恥毛の無い、幼女のそれのような恥部をビアンカの爪に嬲られて――ミアが悲鳴を上げ、男を泣き出しそうな顔で見つめ、責める。だが――、

「――……」

男は、その腕の中に抱いたセシリアと共に、禁断の交合が続くこの光景を見下ろすだけで——そして、切ない悲鳴を漏らしたミアの口に、ビアンカが自分の乳房を押し当てて窒息させ、奉仕を強要する。

「……む、っん……、ひ、あ…………！」

ミアの顔を、男が男根でするようにして、ビアンカは固い乳首と柔らかな房で責める。その破戒の光景に、セシリアが乾いてしまった唇を舐《な》め、息を飲む。彼女の菫色の瞳が、熱でうなされた者のように濁ると——男は、そうっとその裸体を、シーツの上に下ろし、横たえる。

「ん……、あなた…………」

子供のように寝かされたセシリアが、気持ちよさそうにつぶやく。その髪が、純白の布の上で炎のように広がり、もつれ——大きな両の胸が、淫猥な形になって潰《つぶ》れ、男を誘った。

「セシリア…………」

男は、セシリアの残した唾液が乾いた勃起を、誇るようにして自分の手で扱《しご》き——そのまま、横たわるセシリアに身を寄せ——勃起から離した手で、女の美しい脚の線から腰を撫でる。ぴくん、と震えて固くなり、きつく閉じ合わされた太腿が——ゆっくり、緩む。

「——……ごめん、なんだか……、犬になったみたいだ……」

苦しげな声で笑った男は、ほほ笑みながら——セシリアの下腹の、雛《ひな》が怯えてうずくまっているような金色の和毛《にこげ》に手を這わせ、そうっと、その奥を指で押し潰す。

「……っ、ん、あ……！　あ……、や、ん………」

ぬちっ、と――舌打ちするような音がセシリアの恥毛と男の指のあいだから漏れる。女の口から熱い息が吐かれ、甘い悲鳴が漏れるたび、男の手指はセシリアの性を愛撫し嬲りながら、開き――太腿を、彼女にも制御できなくさせ、はしたなく開かせてゆく。

男が、ぐいと身を起こすと――その手で、セシリアは身を割られるようにして脚を持ち上げられる。貞淑とはほど遠い、卑猥《ひわい》な形に太股《ふともも》を割られ、開かれたセシリアが、歓喜と拒否の混じった小さな悲鳴をあげる。

「や、あ……！　あ……、見ない、で………」

恥部を隠すように伸びた、セシリアの両の手は――だが、すぐに男の手に押さえられ、そのまま――乱暴される女のように手を捕らえられたセシリアは、割られた両脚のあいだへと動いた男に固められ、脈打つ勃起で太腿の内側を汚される。

力無い両手を、頭上へと動かされ――そして男の手は、セシリアの腕を滑り、首と顔を愛撫し、ゆっくりと――彼女が動く度に揺れ、小さく波打つような乳房へと、埋まる。

「あっ……、は、あ……、っ、ん……、あ……、おねがい………」

セシリアの哀願じみた声に応《こた》えず――男は、形を確かめるようにして表皮をそうっとなぞり、撫でていた乳房を、今度は無残に形を押し潰し、深く指を埋め――刺激する。

「……っ、あ、あっ……、や…………、も、そんなに…………、だめ……………」

構わずに、男は乳房をやさしく嬲り続け――指で、お菓子のような固い乳首を潰し、尖《とが》らせ、回し、弄ぶ。その度に溢れる嬌声《きょうせい》と、懇願を耳で楽しみ――ふと、

「あ、あ……、や、そんな強く……、だめ……。――……っ、あ……!?」

不意に男の指を、痛みのない出血のように――熱い体液が、さあっと濡らし、汚す。

「ん……！　あ、あ……、や、やだっ…………、いやぁ………！」

「あ……、――セシリア……。ははっ、ごめん………」

セシリアが、恥辱で火がついたように真っ赤になり、涙をにじませた顔を両手で覆う。

彼女のすすり泣きのような声に――男は何があったのか悟り、小さく笑った。

「――セシリア、ごめん……。でも、僕は嬉《うれ》しいよ。なんだか、すごく………」

「……で、でも……………。っ、ふう、う…………、恥ずかしい………」

セシリアが、閉じた指の間からわずかに瞳を覗かせると――そこから見える男のほほ笑みが、彼女を少しだけ、慰める。だが、彼女の悲観に構わず、男の手は彼女の顔から手指をそうっとむしり取り、そして――、

「あ、あ………」

セシリアの目は――自分の乳房が漏らした、母乳で汚れた手指を舐めている男の顔と、ほほ笑みを見――再び、恥辱と、初めて覚える背徳感で身を震わせる。

「だ、だめ……！　そんなの、きたない………！」

「……ん？　どうして？　――……ははっ、ごめん、セシリア」

乳を舐めとった男の口が、セシリアの名をささやき、そして――その口が、ゆっくりと女に口付けし、沈黙させ――。

「……っ、は……！　あ、ん………」

男の指が、虫のように這ってセシリアの下腹を滑り――自分でも信じられないくらい、はしたなく濡れて、愛液で爛《う》れたようになっている恥部を指で愛撫され、セシリアが小さな悲鳴をあげた。太腿まで汚した愛液が、淫肉が、男の指の熱でかき回されて卑猥な音とかすかな恥臭を放つ。それに脳髄の奥を叩《たた》かれた男が、獣のように熱い息を吐き――女の小さな勃起をめくり、潰し嬲っていた手を離し、それで己の男根を握り締める。

「セシリア……、入れるよ……」

女の口を吸いながら、彼女の性を責める度に漏れていた嬌声に耳を焼かれ――犬のように興奮した男の、完全に勃起した男根がセシリアの恥毛の奥にねじ当てられる。

「あ……！　っ、ふ……、ん、ん………」

怒張した、銛《もり》のような亀頭で淫唇を割られ押し潰されたセシリアの唇から、意味を成さない歓喜の声が漏れる。

「は、あ……！　あっ、は…………！」

腐肉色に充血した怒張が、女の襞の奥に先端を埋めた。数年ぶりに感じた、愛する妻の膣襞《ちつひだ》の柔らかさと粘った熱さに、男は獣のように呻き――。

「あ……、っ、んっ……、は、あ………、ね、ね………」

一息に、女の脳天まで貫きたくなるような衝動を必死に押さえ、男は――ゆっくりと、肺から息を絞り出しながら身を起こし――貫いたセシリアと恥部だけで繋がる。

そのまま――ゆっくりと、女を狂わせるほど、ゆっくりと腰を揺すり、挿す。

「あ……！　……っ、あ!!　はあっ………、あなた……、ぃ……、あ……！」

音もしないほど、男の勃起に密着した膣肉と粘膜が、突かれる度に歓喜に震え、柔らかに男を包み締め付ける。愛おしさと、貪欲さを合わせたその快感に、男は熱い息を吐きながら――腰を突き、女の性器にしか用の無いような姿勢での交合を続ける。

そして、突いた勃起の先端が、女の膣奥と胎を感じて男の背骨を震わせる。

「……っ、んっ……！　あ、ん………！」

女もそれを感じ――汗がにじんだ美顔で、熱に濁った藍色の瞳で――愛おしい男を見つめ、また――深く、柔らかく、固い男の肉を体内で締め付ける。

「ん、あ……、すごく、すてき………」

口付けを求めるように、セシリアが唇を震わせる。キャシアスは、それに無言の笑みで答え――そのまま、恥部だけで繋がりながら、セシリアの豊かな腰肉に両の手を掛けて腰を突く。ゆっくりとしたその行為の度、セシリアの淫襞と体内は木のように固い勃起でやさしく押し拉がれ、亀頭の返しの刺で愛液と襞をえぐられて——雌になり、悶える。

「あ、あっ、ん……‼　は……‼　あ、っ……、あ……‼」

男の抽送に身を任せたセシリアの、裸体と、亜麻色の髪が、白いシーツの上で揺れる。体とは別のもののように揺れる豊かな乳房が、男を誘うように上下し——それに耐えきれなくなった男の手を引き寄せた両の胸は、鉤爪《かぎづめ》のような手指で愛撫されて快感を分かち合う。女の名を、愛の言葉と共に熱く、愚鈍に繰り返す男の口が、手でこねくり潰した乳房を飢えたように奪い——歯と舌で、唇で乳首を求め、セシリアに熱い悲鳴を漏らさせた。

「やっ、あ……！　や……、だめ、え……。は、っあ……！」

構わず、女の乳を貪る男の口に——さあっと、生暖かい感触が走る。

「——ん……、セシリア……。ははっ……」

「や……、や、だ……、も……！　そんなの、いけない……、っ……！」

わずかに生臭い、そして喉の奥が痛くなるような甘い母乳を舌に感じ——キャシアスは自分が愚鈍な獣に堕《お》ちたように感じながらも、愛しい女の乳首を吸い、そして腰から下は別の機械になったかのように激しく、動かす。

「いっ、やあ……！　あ、あ……！　んっ、あ、あっ！　は……！」

溶かすようなやさしい抽送が、次第に犯すような激しい腰づかいに変わり、セシリアを淫らに痛めつける。シーツを固く握りしめていた彼女の細い指が、ぎゅっと、血の気を失うほど強く握られ——そして、小さな甘い悲鳴とともにぐったりと緩む。

「は……!!　……っ、あ、はあっ……………!」

自分でも気づかぬうちに、体中を——性を勃起で嬲られ、乳房を、そして彼女も知らない体の淫らな部分を男の指と唇で愛撫され——セシリアが、最初の小さな死に堕ちる。

「ん、っ……、あ、あなた……………」

空気を求め、だらしなく唇を開く妻の顔に——だがキャシアスは、胸の溶けるような愛おしさを感じ——彼女の胎奥で止めていた勃起を、再び、ゆっくりとこじり、突く。

他の、どの女よりも熱く感じるこの女の胎《はら》——。

自分が、子供を産ませた愛おしい女——その恥部を男根で貫きながら、男は次第に迫ってくる限界を感じた。

セシリアの乳房を潰し、肋を愛撫していた男の手が、が

す。
っしりと女の脇《わき》を捕らえ——何の前触れもなく、その体を引き寄せ、無理矢理に抱き起こ
「はっ、あ……、あ、ん……？　な、なに……………」
ぐったりした体を引き寄せられ、豊かな髪を極光のように揺らし——恥部を貫かれたま
ま、セシリアは馬鞍に乗せられるかのように、男の腰に跨《また》がる姿勢を強要させられる。
一時、短い口付けをした男は——そのまま、セシリアの体を支えて——ばたりとベッド
の上で仰向けになった。
まさしく——馬に乗るときのように、貫かれたまま男に跨がったセシリアが——自分の
痴態に気づき、力無く身悶えして哀願の声を漏らした。
「あ……？　や……、いや……、こんなの、いや……。あ、あ……」
だが——初めて感じる、この交合の快感が——これまでないほどに深くまで貫かれ、抉《えぐ》
られて、子宮を喉の奥に押し上げられるような禁断の快感が、セシリアから言葉を奪う。
「や……、あ、ああっ……！　ん、ふ、あ…………‼」
「——……ほら、セシリア……。自分で動いても、いいんだよ…………」
「そ……、ん……！　んっ、あ………、だめ、だめ………！」
男は、自分の上で悶える美しくも淫《みだ》らな裸身を楽しみ、眺め——そして、力無くよじれ
る太腿に、腰に、滑らかな腹に手を這わせ、乳房を持ち上げ——ずん、と腰を送る。

「……‼　……ひっ！　あ‼　やぁあっ……！」

びくん、とセシリアが震え――白い喉を仰け反らせ、髪を揺らせ――嬌声を上げる。

男は、突く度に果実か焼菓子《プディング》のように揺れる乳房を手で弄び、強《こわ》ばった背筋を愛撫する。

女の下で、体ごと揺すって責める度に――セシリアが、普段の彼女からは信じがたいほどに激しく乱れる。おそらく彼女でも制御できない、胎奥と膣の痙攣《けいれん》が、何度も、思い出したように発されて男を締め付ける。

「あっ、あ、あ‼　んっ、あ……！　だめ、だめ……！　ね、も……！」

首を揺らし、髪を汗で濡れた肌にまとわりつかせ――セシリアが、銛で貫かれた魚のように身を捩る。その中心にある淫襞が、溢れさせた愛液でべったりと男を汚していた。

不意に――汗でじっとり濡れたセシリアの細い手指に、男の手が絡み、握る。

「――……出す、よ、もう……、セシリア……」

男に手を握られ、そしてささやかれ――セシリアが、白濁しきった意識の底、雌の本能で雄の射精を感じ取って――男を殺してしまうかのように、強く、深く、締め付ける。

「いっ……、んっ、んあ………‼　あ……‼　い………」

びく、っとセシリアが胎奥から身を捩ると同時に――、

男は貯めていた高まりを、一気に放った。音がするほどの勢いで、男は愛おしい女の胎に精液を放ち、何度も、何度も、震えて精を漏らし続ける。腰骨が砕けそうになる快感が、

男の意識を押し流し——、

「……はっ、あ……、あ……、あん……」

やわらかく、男を締め付けたセシリアの膣襞が——力を失っても、なお熱く彼女の中に残る男の性を感じ、女は責められるときとは別の快感を味わい、酔って——、

「は、あっ……、——……あなた……」

ぐったりとした、濡れた布のようになったセシリアの裸体が男の胸へと、ゆっくり崩れ落ちる。それを抱き、受け止め——繋がったまま抱き合い、

「……わたし……、いやら、しい……」

熱で濁り、惚けたような声でセシリアはささやき——男の唇に吹き込むようにしてささやく。その声と、火傷《やけど》しそうに熱い息がキャシアスの顔を撫でると、

「……セシリア……、——素敵だ……」

自分も軍馬のような荒い息を吐きながら、キャシアスは女の耳に口付けし、愛を囁《ささや》く。耳をくすぐられたセシリアが、甘い息を漏らし、唇を求め——熱くなった唇が重なり合い、はしたない音を立ててしまうような口付けが、続く。

「あ、ふ……、あ……、——……ね、このまま……、ずっと……」

じわっと、淫襞で捕らえたままの男根を包み、やさしく締め——セシリアが、小さくつぶやく。男は、それに言葉で答えず——口付けで沈黙させ、そして、

びくん——脈打ち、男が固さを取り戻してきたのを感じたセシリアが、目を伏せ——恥ずかしげに、どこかに瞳を向け、腰をゆっくりと使う。

だが————。

「……見てごらん、セシリア……」

男は、女の求めに答えず、小さく言い——そうっと金の髪を撫でながら、セシリアの首を、手と、唇で傍らの空間に向けさせる。

「えっ……？　——……あ……！　あ、や……！　やだ……」

そこに——。

「あは……、すごい、の……。セシリア、違うひとみたいだったの……」

豊かに波打つ銀の髪を、気怠《けだる》そうにかき上げ——その奥の、紅玉色の瞳が、悪戯っぽく細められて、笑う。絡み合ったままの男と、セシリアを見るビアンカの瞳と顔に、何か飢えたような色がかすかに浮かんでいた。

赤い、柘榴《ざくろ》の実を食べたばかりのような唇に、尖った爪が飾る白い指を這わせ、絡めて——それだけで、それを見る男を取り憑《つ》かれたように欲情させるしぐさで——ビアンカは小さく笑い、指を舐める。

そのビアンカの、気怠い肉食獣のような裸体の下では、蜜色の肌が——半ばシーツに埋まるほどに乱れたミアが、べったりと汗で汚れた裸身と、四肢を投げ出していた。

「……く、んっ…………、くん………」

夜空のような大きな黒い瞳を、恥辱と快感のうねりで潤ませ——ミアが、子犬のように拗ねて、男と、そしてまっとうに男の精を受けたばかりのセシリアを——見る。

「や……、いや、だ………！　——見てたの………⁉」

「うん……。むう……、セシリアだけ、さっきからずるい、よう………。

ミア、すぐに死んじゃうから……。——だから、ずっとみてた、の……」

「……！　や……！　もうっ……！」

さあっと顔を赤らめたセシリアが、あわてたような、拗ねたような声でビアンカを責める。身を起こしたその弾みに——卑猥な音を立てて、勃起がセシリアの淫肉から抜け落ち、その刺激が彼女に悲鳴を漏らさせる。

「——は……、っ、ふあ……………。——……もう、いやな……、ビアンカ……」

キャシアスは、愛液でべったりと汚れた半勃《はんだ》ちの肉塊を揺らして、身を起こし——そして、血を思わせる赤の瞳と見つめ合い、ほほ笑んだあと——、

「……セシリア——、……ごめんね、今日は——みんな、愛したいんだ………」

セシリアの頬を撫で、ささやきながら口付けし——、
波打ったシーツの海に、セシリアを置き去りにしてキャシアスはベッドから立った。

男はテーブルのほうに進み、グラスに注いだぶどう酒を呷《あお》って、口と喉を洗い——女の

残り香と口付けの余韻を嚥下する。がつがつと、そこにあった果実の切り身やパルマ産の塩漬け肉を貪り、それを酒とともに飲み下したキャシアスは――深く息を吐き――、

「――はあっ…………」

やっと、激しい交合と快感の残した麻薬のような余韻から抜け出す。今度は、グラスを満たした酒でゆっくりと舌を湿らせながら、キャシアスは心地良い疲労感を、癒《いや》す。

その彼の前で――、

「……あは…………、ね、にいさま…………」

ゆらりと、白と銀色の影が揺れ、歩く。言葉が無くとも、全てが通じているかのようにビアンカは進み――月光を背に、世界中の男が夢に見るような裸身の線を浮かび上がらせて、歩く。少女のような可愛らしい顔で、だがぞっとするほどに妖艶《ようえん》な色をも浮かべる顔で、瞳で――ビアンカはほほ笑み、男を見つめて、赤い唇を開く。

「にいさま……、――だいすき……。にいさま…………」

羽ばたくように、緩やかに手を広げ――ビアンカは、裸の男に身を寄せる。見下ろす男の顔と見つめ合い、ほほ笑みあった銀の髪の少女は、果実のように整った形の固い乳房を自分の指で撫で――それを男に見せつけ、そのまま、肌を重ねる。

「ははっ……、ビアンカ――僕のお姫さま…………」

「むう……、うれしいの……。こうやって、いっしょが、好き…………」

男の胸を舐め、固く尖った乳首を押しつけたビアンカは、蛇のように伸びた手でそうっとキャシアスの下腹を撫でる。わずかに冷たい滑らかな手指が、固さを取り戻しかけている勃起に触れ、そうっと包み――自慰するように愛撫する。

「あは……、にいさま、いっぱい、出したの……。

――セシリアのおなか、そんなによかったの……？　ね……？」

「ん……、みんな、最高だよ――でも、いちばん……」

キャシアスは、揶揄《からか》うような笑みを浮かべた紅の瞳を見つめ、笑う。そして言葉を切ると、グラスの酒を口に含み――ビアンカの細い体を抱き寄せ、唇を重ねる。

「む……、っ、ふぬ………」

ビアンカの唇の奥に、ゆっくりと、酒と唾液を流し込み、舌で愛撫し――、

「……いちばん、いやらしい子は――ビアンカ、だよね……？」

耳にささやく男の声に、ビアンカは小さく胸を揺らし、鈴を鳴らしたような声で、

「ひどい、にいさま……。にいさまが、こんなにしたのよ………」

ささやき、男の耳を噛む。お互いの顔を、唇で愛撫しながら――ビアンカの指は、手淫するように男根を包み、愛撫する。次第に固くなる肉茎を、包皮を貫くような手の柔らかさが焼き、爪の尖りが残酷に亀頭と尿口を刺激して――。

「あは……、ぴくっ、って……。かわいい………」

女を貫けるほどに固くなってきた勃起を、最後にそうっと撫で――ビアンカは男から離れる。そして再び――全て解っているようなほほ笑みで、ビアンカは男を見つめた。

「――ごめんね、ビアンカ。次は、ね…………」

男が小さく言い、そしてベッドに目を向けると――、

「……え、っ…………。――キャス……」

ビアンカに受けた陵辱《りょうじょく》から、ようやく意識を取り戻したミアが、シーツを引き寄せて蜜色の肌を隠し――驚いたような大きな瞳を、男に向け、そして伏せる。

「……ミアはね、さっき、僕のことを焦《じ》らせたりしたから――、先に、おしおきしておくんだ。……ビアンカは、そのあとでたくさん、ね――」

「えっ……？　あ、あたし……、そんな…………」

ミアは、はっとして瞳をさまよわせ、哀れな処女のように身を固くする。

だが、そんな彼女をよそに――原初の男と女のようなキャシアスとビアンカが、身を寄せ合ったまま歩き、ベッドの前に立ち――その、楽園の男女を堕落させた蛇のような目で、ミアを見る。

ビアンカはミアを見つめ――やはり蛇のように男に身を這わせ、ゆっくりと身を沈める。

「ミアも、ね、ほんとうは……、あたしとおなじくらい、いやらしいの……、ね？」

「う……、あたし、そんな…………」

子供のように首を振るミアが、恥ずかしさに涙まで浮かべた瞳で――男を見上げる。

だが、

「――知ってるよ、ビアンカ。ミアは、さっき外で――僕が欲しくって……、ね？」

その男の、ひどくやさしい言葉が、ミアをびくっと怯えさせ、泣き出しそうにさせる。

「……！　ひどい、ひどいよ……、キャス……！

もうっ……、――どうして今日は、そんなにいじわるなの……？」

「それは――ミアが、僕をじらしたりするからさ」

男の言葉に、ミアは何度も首を振り、そして何か言おうとするが――、
そのミアの前で――何か、美しい蛇か獣かのように、ビアンカが身を反らせ――銀の髪を邪魔そうに揺すって、赤い瞳の少女がだらしなく、赤い口を開いた。

「あたしが……、にいさまのこと――もっと、元気にしておいてあげる、ね……」

「あ、あ………」

木偶《でく》のように立ち、そこから勃起を突き出させていた男に――ビアンカが、ゆっくりと身を寄せる。膝で立ち、突き出された男根に胸と、喉とを擦りながら、ビアンカは振り返った瞳でミアを揶揄うように見――そして、男を無言で見上げ、赤い唇をほころばせる。

「にいさま……、――ん、っ………」

勃起には指を触れず――捧げ持つようにして自分の乳房をひしゃげさせたビアンカは、

その芯のある柔らかな肌と肉質で、そうっと男根を包み、刺激する。

「——く、う………」

キャシアスの口から、苦痛じみた呻きが漏れる。置き去りにされたミアが、何かすがるような瞳を男に向けるが——だが、男はミアが見えないかのように、妖《あや》しい艶を放つ赤い瞳と見つめ合い——ビアンカの愛撫に、愚鈍な呼吸と、小さな呻きを漏らす。

ビアンカは、次第に怒張する男根を胸と、ときおり乳首で愛撫し、残酷に刺激して——半ば生殺しにして、男を挑発し、獣じみた興奮へと引きずり込む。手で力任せに扱くか、あるいはそのまま女を貫き犯したくて、先端から精をにじませている勃起。手指で愛撫されないぶん、その怒張はセシリアに精を放つ前よりも凶悪な固さで熱を放っていた。

ビアンカの、少女そのままの顔と、そして完璧《かんぺき》に整った形の乳房のあいだで、ひどく邪悪そうに脈打つ男の肉

塊――そこに愛おしそうなビアンカの瞳が向けられる。

「あは……、にいさま、こういうの、好きなの……？」

「――ああ……、馬鹿《ばか》になりそうだ………。

でも――どこでこんなの、覚えたんだい……？　悪い子だ、このお姫さまは………」

「あは……、にいさまが喜ぶから――あたし、どんないやらしいことでも、するの……」

美しい乳房の合間に、男が先走らせた粘液を張り付かせ、ビアンカがささやく。

厭らしい蟲の這い跡のようなその粘液を、ビアンカの指が拭い――可愛らしい、だが悪魔の魅力を秘めた笑みを浮かべた唇が、それを音もなく舐め取る。

「ははっ……、――じゃあ………」

男は、半ば堪《こら》えきれなくなり――少し乱暴に、銀色の髪に指を絡ませ、ビアンカの首を引き寄せる。小さな悲鳴を、だが楽しげな悲鳴を上げたビアンカの赤い唇が、

「や、ん……、――あ、はっ……、ん、ぬっ………、む………」

わずかに開いた少女の唇と、そこから覗く舌が、醜悪な怒張の先端を迎え入れ――、

「んっ、ぬ……、っ、ふ……、ちゅ……、……はあっ………」

はしたないほど広げられた口が、亀頭をその奥に含み、出し――舌が舐り、吸い――、

「あは……、すっごく……、固くなったの……。うれしい………」

熱い言葉と、息で男根を焼き、ちろっと先端を舐め――男を見上げる。男はビアンカの

髪を撫で、その技巧に応える。ビアンカはまた、自分の乳房を持ち、形を潰し、その柔らかな谷間で勃起を愛撫する。柔らかな膨らみが、陰嚢《いんのう》ごと男根を持ち上げ、そそり立った形の怒張に、ビアンカはついばむようなキスと、舌とを絡ませ、唾液でべったり汚す。

「ふあ、あ……、ふ……、おいしいの、にいさま……。おいし………」

男は——呼吸が止まるような、歯が砕けてしまいそうな————、

セシリアの、拙《つたな》いぶん愛おしい、含むだけのそれと違い——ミアの、どこで仕込んだのか、最高級の娼婦すら足蹴《あしげ》にする唇と舌の技術とも違い——そして、キャシアスが体験したどんな女の愛撫とも違う————ビアンカの唇に、男は——、

そのまま全て吸い取られてしまいそうに感じ、ビアンカの魔性に堕落しそうになる。尾骨が砕けそうになるビアンカの唇の味を、きわどいところで男は、捨てる。

「——ん……、だめ、だよビアンカ……。もう、出ちゃうじゃないか……」

「ん……、むう……、——じゃあ………、ミアのこと、ね……」

ビアンカは、ちかっ、と小さく亀頭に歯を立てて焦らし、男から離れる。だらしなく開いた小さな唇を、指と、舌で嬲りながら、ビアンカはゆらりと立ち上がった。

そして、今まで魅入られたように、

「あ、あ……?」

この前戯を、じっと見入っていたミアが、ビアンカの声で名を呼ばれ、はっと我に返っ

た。この場でただ一人、その裸身をシーツで隠しているミアの前に――、

「……ミア――今度は、逃げちゃ駄目だよ」

男は、凶悪な棍棒《こんぼう》のように怒張し、そそり立った男根を見せつけるようにして立った。

「あ、あ……、――ち、違う、よ……、さっきは――あたし………」

ミアは、生娘のように怯えた瞳で男に訴えたが、

「……あ、っ……！　いや………」

ゆっくりと身を寄せてきた男の手が、彼女の体を隠していたシーツを、やさしく剥ぎ取る。力無い抵抗をしたミアの手から、純白の布が奪われると――未だ、年端もゆかない少女のような、幼くも見えてしまうミアの乳房と引き締まった腿が、そして蜜色の肌が露わになる。

「――……？　どうして、そんなに嫌がってるの、ミア……？」

あくまでもやさしい男の声に、ミアは腕で乳房を隠し――首を振る。

「ん、う……、――だって……、キャスは、セシリアと………」

言葉を詰まらせたミアの顔に、男はそうっと、幼子の熱でも測るようにして額を寄せる。

男の手が、短く刈ったミアの髪を撫でると、

「キャスは……、セシリアを、奥さんにするんでしょう………？

……セシリアは――イタリア人だし……、もう、キャスの子供を産んでいるし……」

再び、ミアは夜空のような瞳を伏せ、唇を閉じる。男が、その沈黙を溶かそうとして、小さく口付けし、固い桜桃《おうとう》のような唇に指を這わせ――その指を、細い顎《あご》から、ミアのしなやかな喉に――そして、その喉に刻まれた古い傷口を、指がそっと愛撫する。

「ん……、あたし…………、――ちがう、よ……。あたしは、いいの……。キャスには……、セシリアにも、幸せになって欲しいから、それが一番、いいの……。でも……、だから――――だから、だめ………」

言葉を喉の奥で止め、ミアが――愛する男を見つめる。

「キャス………、困る、でしょ……？　あたしが、もし子供を…………、――……あたしみたいな、汚い肌の子供が生まれたら、困るでしょ……？」

「――ミア……」

男が、辛そうに女の名を呼び、首を振る。

「……キャスを、困らせたくない、の…………。せっかく、国も、家のお父様も、セシリアとのこと、認めてくれたんでしょう……？　それなのに、あたしなんかがキャスの子供を産んだら…………、……だから――」

「ひどいな、ミアは」

今度は、男がミアの言葉をさえぎった。男は、ミアの歯と舌を嬲るように強く、彼女の口に指を押し当て、言葉を封じ――少し怒ったような目で、ミアの顔を注視した。

「――ひどいな、ミアは。僕がミアのこと、大好きなのを知っているくせに」

「あ……、キ、キャス……!?」

少し驚いた、そして怯えたような声が、ミアの唇と男の指の合間から漏れる。男は、その指をそのまま下へと這わせ――彼女の胸の、切った果物を張り付けたような可愛らしい乳房を撫でる。

「それに――僕が、この……、ミアの綺麗な黒い肌が大好きなのを知っているくせに、それを、汚い、なんて言って僕を困らせる――」

「う……、だ、だって……！　あたし、セシリアやビアンカみたいな……、――ッ……」

少し強く、固い乳房を掴《つか》まれてミアが身を固くする。

男の手は、少女そのままのミアの胸から、肋骨と筋の線がわずかに浮かび上がる滑らかな肌を、ゆっくりと撫でる。かすかに汗を浮かべた、蜜色の肌と肉。

これは――まさしく体験した者にしか解らない、褐色をした触る麻薬だった。赤子か子供のそれのような瑞々《みずみず》しさと、成熟した女の張りをもったこの肌は、もし――生きている陶磁器や絹布などというものがあったらそれに例えられるかもしれない。最初、彼が帝国でミアの肌に触れたときに感じた、心地良い火傷としか言いようのないその肌の触感が、このときもキャシアスの掌と神経を、痴呆にさせるほどの心地良さで支配する。

「――ミアはこんなに綺麗なのに。僕が、ミアそっくりの子供が欲しくて仕方ないのに。

それなのにミアは……、そんなことを言って、僕を困らせるんだね」
「だ、だって……、あたし……。
せっかくキャスが幸せになれるのに、それをあたしなんかが邪魔したら………」
「また――困らせる。……ひどいな、ミアは――」
男は、不意にミアから手を離し、彼女から離れる。その挙動に、ミアの顔と瞳が一瞬で、
迷い子のような不安と怯えに染まった。
「う……、キャス………?」
「僕だって――一端の男のつもりだ。
セシリアにビアンカ、フローラ、それに、ミア――君たちと、子供をこの国で守って、
幸せにすることくらい僕は出来るつもりだし、その力も、君たちのために付けたんだ。
なのにミアは――、……僕を、信じてくれないのかな……?」
そのミアに――男は、彼が戦場で見せるたぐいの――わずかに残酷さの混じった笑みを
浮かべて見せた。そして彼は――この光景を、飼い慣らされた豹《ひょう》のように見ていたビアン
カに向けて言った。
「せっかくの愛し合う夜に、僕を困らせたりしたから――、
ミアには、おしおきで折檻《せっかん》しないとね。ビアンカ、手伝ってくれるかい？」
「えっ……!?　キャス………？」

ミアが、怯えたように胸を隠し後ずさる。だが彼女の前で、

「あはっ……、ミア、また、いじめられるのね……。どうすればいいの、にいさま？」

やはり、飼い慣らされた豹か蛇かのように、身をしならせてビアンカが動く。

「や……、なに……？　い、や……、キャス……？」

「駄目だよ、ミア——君が嫌がっても……、僕は、君に子供を産ませるんだから」

「あ、う……、キャス……！　だ、だめ………」

男は、子供を叱るようにしてそう宣告し、

「ビアンカ。ミアのこと、暴れられないようにしてあげて——」

傍らの、猫のようなビアンカの髪を撫で、男は命じた。ビアンカは、男を飢えたような笑みで見て応え、動き——、

「……!?　あ、っ……!?　い、いや………！」

ミアが怯えているうちに、ビアンカの裸体が褐色の裸体の背後に回り込んでいた。

「ミア、にいさまにおしおき、されちゃうのね……、たくさん………」

耳に息を吐きかけるようにして、ビアンカがミアにささやき——そして、ミアの細腕を捕らえたビアンカは、脱ぎ捨てられていた長靴下を取り——、

「あ、あ……!?　な、なに……？　——……い、いやあ………」

するりと、白い蛇のように長靴下が巻かれると——ミアの両腕は、後ろ手にされて縛《いまし》め

られてしまっていた。緩く、だが解けぬように長靴下を結び、ビアンカが離れる。

「できたの、にいさま……。あはっ……、ミア、こういうの、好きでしょう……？」

「そ、そんなの……！　いやっ……、取って、おねがい……」

少女のような裸体を、後ろ手に縛られたミア――その細い体が、シーツの上で無為に身を捩っているその前で――男が、ゆらりとうごいた。

「あ、ん………、キャス………？」

男は縛められたミアの前で、立ち、硬度を全く失っていない勃起をそそり立たせ――黙ったまま、愚鈍なしぐさで自分の男根を握り、手淫する。ミアは、彼女には大きすぎるその肉塊から目を逸《そ》らし、逃げるように後ずさろうとしたが、

「あ……!?　――ひ、っ………、っ、ん、む……！」

男は、ミアの短い髪と頭蓋《ずがい》を捕らえ、そこに――突き刺し、貫くようにしてそそり立った男根をねじ当てた。怯えたミアの顔が、小さな悲鳴を上げる。だが男は、彼女の頭に手を置いたまま、別の手で勃起を握り、それを――ミアの、小さな唇になすりつける。

「……ひ、あ………、ふっ、ぬ……！　や……、ひど、い……、ぬ、っ……!!」

うっすら、涙をにじませたミアの瞳が男を見上げるが――彼はそれに構わず、ミアの咥内に醜悪な亀頭をねじ込み、歯が刺さってしまうのも構わず、口の中を汚し、犯す。

そして――。

がっくりと、力を失ったミアが、男に壊されそうになるのも構わず、体を弛緩《しかん》させて口を緩め、男を喉まで迎え入れようとしたとき――。

「……!?　――きゃ……!?」

不意に、男はミアを男根から引き離し――そのまま、彼女の体を少し乱暴に、シーツの上へと投げ出した。ミアの体が、受け身も取れずに白い布の上にうつぶせにされる。

もがき、起き上がろうとしたミアの肩を――ぐい、と男の両腕が押さえつける。

「や……、あ、あ……？　いや……、おねがい、キャス……」

ミアは、シーツの海で溺《おぼ》れていた顔を上向け、男に哀願の瞳を向ける。

だが――男は、少し冷たい笑みを浮かべたままの顔で、ミアを押さえつけたまま彼女の背に覆い被さってきた。

その重さに小さな悲鳴を上げたミアのお尻に――熱い、

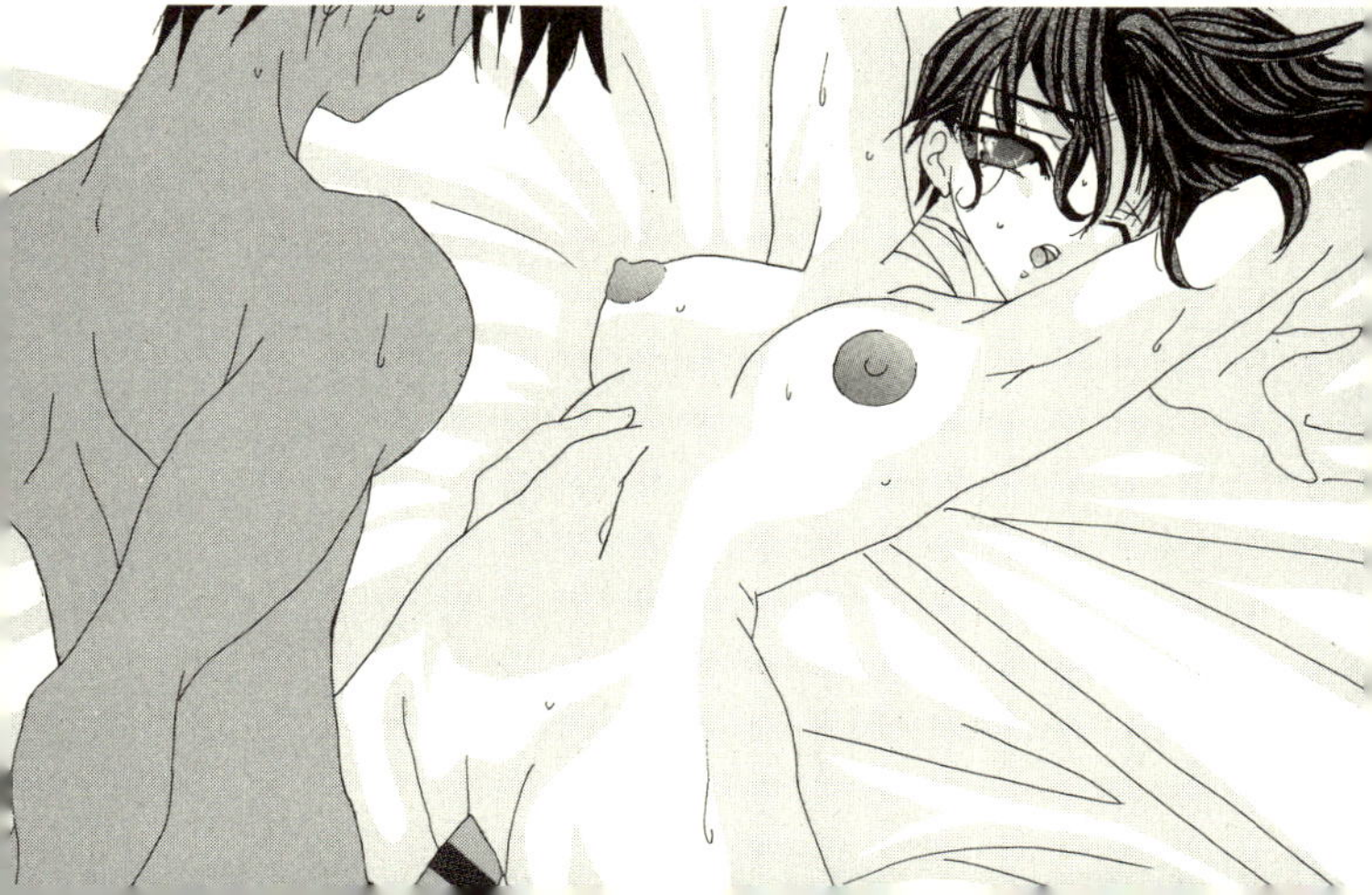

灼熱した男根が押し当てられ——また、ミアがすすり泣きのような悲鳴を漏らす。

「ああっ、あ……！　だめ、だめ……！　キャス、いや……」

だが男はそれに応えず、縛められたミアを押さえつけたまま——その髪と耳に、首筋に、汗の玉が浮かんだ滑らかな背中の線にキスの雨を降らせ、舌で弄ぶ。その度に、ミアが切ない声をシーツの中に漏らし、涙が、彼女の瞳と頬を汚す。

「ああ……、ミア、これからにいさまに犯されて——孕まされちゃうんだあ……」

「ひ……、や……、だめ……」

残酷なビアンカの、楽しげな、熱く興奮した声がミアの耳元に注ぎ込まれる。男とは別の、もっと熱いような、そしてぞっとするほど冷たいようにも感じるビアンカの唇と指の愛撫が、男のそれに混じって——ミアを再び、ゆっくりと、熱く狂わせる。

抵抗できない愛撫に、切ない悲鳴を上げることしか出来ないでいたミアが、

「……い、っ……!?　——いやっ、キャス……！　あ……!?」

自分の両の脚が、男の手と、そして脚で割られ、広げられてゆくのを感じた。釣り上げられた魚のように、身を捩ってミアは抗うが——広げられてしまった腿のあいだに、男の腰が楔《くさび》のように入り込んでしまい、もう——ミアは、

「ははっ……、なんだか——ミアのことを、乱暴するみたいだな……」

そんな、男の言葉の通りだった。

　最悪の形に広げられてしまったミアの太腿と、その奥の肉付きのいい臀部《でんぶ》の上で、男は勃起を扱き——先から漏れた精が粘る指で、ミアのお尻を、芯がある柔らかな蜜の肉が谷を造るその奥を——そうっと、撫でる。びくん、とミアが痙攣した。

「……ひ！　だめ、だめ……！　いや……、ゆるして……」

　ミアの泣き出しそうな顔が、背後の男に向けられるが——男は、今はひどくやさしい笑みなどを浮かべて、ミアを見つめ返し——指を、彼女の体の入り口へと忍び込ませる。

「あ……！　あーっ……！　だめぇ……」

　形のいいお尻と、太腿の奥に隠れていた——ぷっくりした膨らみと、それを果実そっくりに割っている秘裂は、少女のそれのようで、恥毛も、罪深い染みもない。男の指と、目は、自分が数年前に貫き、破瓜《はか》して女にしたその性を愛おしそうに撫でる。

　男の指は、柔らかく小さな襞を残酷に押し広げ、そして、

「ははっ……、嬉しいよ、ミア——僕を、欲しがってくれていて……」

　彼女の性が溢れさせていた、果汁のそれのように水っぽい、大量の愛液を指に絡ませて、男はミアの耳元にささやく。顔が見えなくても、耳だけで——彼女が泣き出しそうになっているのが男には解った。

「……！　う、う……、ひどい……、ひどい、よ、キャス……」

「ん……？　僕は——そういうミアが、大好きだよ。愛してる、ミア……」

男は、ミアの耳に口付けし、ささやき——そして離れると、彼女の愛液が濡らした指を、口に含む。セシリアやビアンカの愛液と比べると、薄く、臭気の少ないそれを舐め、興奮し——それから男は、その指を、褒美のようにして傍らのビアンカの唇に与える。

「あはっ……、ミアの、これ……、——おいし……。もっと、欲しいな…………」

「……!? い、いやあ……! ビアンカ、きたない、い…………!!」

男根にするようにして、ビアンカは男の指を舐め、吸い、ミアの残した愛液を舐めとる。その感触に、男は背筋が凍るような快感を覚え、ぎこちなく笑い——ビアンカを、招く。ビアンカは、血の臭いのする笑みを浮かべながら、キャシアスに身を寄せ——そのまま、無残に広げられていたミアのお尻に、かぶりつくようにして——顔を、埋める。

「……っ、ひ!? ひ……! あ、いやあっ……、や、や……! や、だ……!」

ビアンカの舌が、恥部を這うのを感じたミアが、火がついたように暴れる。だがその抵抗は、いちばん敏感な部分に刺さった舌と、歯の愛撫で封じられ——あとは、ミアは蛇に飲まれ掛けた兎《うさぎ》のように、ただ、愛撫に曝されて痙攣するだけの雌にされてしまう。

「ふぁ! ……あ! だめえ……! いっ、や、や……!! ……ひん!」

尻の奥の、固い排泄《はいせつ》の肉門までも舌で犯され、爪を挿されて——ミアの顔が、麻薬にでも冒されたかのように、熱と快楽で汚染されて緩み、涙と唾液でシーツを汚す。

「——……………」

その、ミアの甘い苦悶《くもん》を——ようやく、小さな死から目覚めたセシリアが、だらしなく肢体を投げ出したまま、藍色の瞳だけで——謎《なぞ》の小さな笑みを浮かべて、見ていた。

そのセシリアを、ミアの尻肉ごしに見たビアンカが、含み笑いを漏らし、

「む、むふ……、——むう……、あは、あははは………。

もう、いいわ、にいさま——、こんどは、にいさまのそれで犯してあげて……」

ぺろりと、真っ赤な舌を舐めて唾液を嚥下し、ビアンカの顔がミアから離れる。未だ、ミアの恥部と後門を嬲っているビアンカの指が、はしたない音を漏らし続けていた。

「むふ………、ね……、にいさま、今日はどっちを可愛がってあげる、の……?」

ビアンカの、自分が愛撫をねだるような甘い声に、

「はは……、——お尻のほうは、ミアが僕の子供を産んでくれてから、ね………」

男は、破廉恥な言葉を気軽に言い捨てると、ビアンカの手を取り——ミアの果汁が、べったりと濡らしているその指を、自分の男根の先端へと幾重にもなすりつけた。

「……ふ、あ………、あ、あ………。——もう、だめ……、や、め………」

ビアンカの魔性の愛撫から逃れたミアが、ようやく意識を取り戻したとき——、

「——じゃあ、ミア………、おしおきだ………」

ミアの耳元で、そうっと男がささやいた。

「ひ……⁉　……キャス、だめ……、……んっ‼」

ミアの喉は――そこまで、一息に男根に貫かれたかのように言葉を失う。

彼女の、怯えた唇のような淫襞に、明らかに大きすぎる亀頭がねじ当てられ――その醜悪な薄紫に怒張した肉塊は、容赦なくミアの恥部を割って、壊すように――犯してゆく。

「……っ……!! あ、は…………!! い、っ……、や、あ……」

ミアが、仰け反らせた喉から、かすれた哀願を漏らす。男はそのミアの唇に、ビアンカの唾液が残る指をやさしくねじ込み、咥内まで犯して言葉を封じ――ゆっくり、身を沈めてゆく。

「……む、ぬっ……、ふ、あ…………、あ……、――キャ、ス……」

ミアの甘い苦痛の声が、男を馬鹿のように、これ以上ないほどに興奮させる。

何度抱き合っても、その度に、処女のときのように痛がらせてしまうミアとの交合――男は、ミアに快感と同じくらいの苦痛を与えてしまっていることを感じ、だが、そのことでまた異常なほどに高ぶってしまう自分を感じて、間抜けな機械のように腰を突く。

「ひ、っ……! あ、あ!! だ……、おね、がい………、あ、は……!!」

最奥を、容赦なく勃起で突き上げられてミアが痙攣する。男は、鯨のように熱い息を吐き出しながら、ミアの腰を両手で持ち上げ――その柔らかさを手で貪り、抽送する。

「はっ、あは……! や、や……、キャス、キャス……!! あ……!!」

ひどく小さく感じてしまう、ミアの性と胎を犯し、貫き――男根の根本までねじ込めな

いもどかしさで発狂しそうになりながら、愚鈍になった男はミアを責め続ける。

何か訴えようとするような、哀願するようなミアの顔が、ときおり男を見ようと背けられるが――それはすぐに、背骨まで震わすような激しい抽送に遮られ、悲鳴に変えられる。

「はあ、う……！　……おね、がい……、キャス、もっと……、や、あ………」

本当は――ミアが、もっと静かな、向き合ってただ繋がっているような性交が好きなのを知ってはいたが、だが男は、この強姦《ごうかん》しているような交合に興奮しきって、そして、

「……っ、……ミア――、もう………！」

「ひ……！　や……、だめ、だめ……、あ、ああーっ!!」

――この女に、自分の子供を産ませたい――――その、腹の底からわき上がる欲望に取り憑かれ、男はミアの悲鳴も哀願も無視し、子宮の奥まで貫こうとするほどに強く、深く腰を送り、男根を愛しい女の胎奥で硬直させ――精を放った。

びくん、と男根が、背骨が震え、出血したような勢いの射精がミアの胎奥を満たす。

「……っ、ん！　あ………!!　だめぇ……、だめ、だめ……、あ、あ………」

ミアの裸体が、恥部の奥の射精を感じてぶるっと震える。

男が放つたび、締め付けられないほどの、彼女には大きすぎる男根に淫襞が痙攣して、二人を残酷に刺激した。射精しながら、男はゆっくり腰を揺すり――、

「……っ、うっ……、う……、ひどい………」

甘いすすり泣きを漏らす、このまま抱きしめて壊してしまいたくなる愛おしい女の肌に、汗がべったりと濡らした手を這わせる。そうやって繋がったまま、背後から盛った犬のように身を重ね合い、男は熱い息と、すすり泣きを漏らすミアの唇を求めて、ささやく。

「——ミア……、これで——みんな、いっしょだよ……。

セシリアも、君も……、ビアンカも————みんな、僕のものだ……」

「……う、っ……、キャス……」

ぐったりしたミアの腕から、汗を吸って固くなった長靴下の縛めを解き——男は、ゆっくりと身を起こす。ミアを痛がらせないよう、いくらゆっくりしても、

「……っ！　痛……。……ぁ……、……くん……」

ずるり、と、ミアの可愛らしいそこからは想像もつかない淫猥な音がして、男根が引き抜かれる。錨《いかり》を繋ぐ太縄のように垂れ下がった勃起から、つうっと淫液《いんえき》が糸を引く。

「ミア……、かわいい、僕の綺麗なミア……」

男は、愛の言葉をささやきながら、手荒にしてしまった女にそっと身を寄せ、その肌をいたわり愛撫する。涙を溜《た》めた、熱と快楽で濁ったミアの瞳が男を見つけ——口付けをねだり、男がそれに応える。

「——……」

乱れて、帆布のようになったシーツの上でゆっくり——別の影が、金色の髪を揺らして

セシリアがわずかに身を起こす。汗が乾いた白い肌が、磁器のような色を放って男に身を寄せる。その豊かな太腿の奥から、溢れた精と愛液が、密やかな淫音と性臭を漏らした。

「……ね…………、——あなた…………」

「——ん……」

ミアから奪うように、顔と唇を寄せ——セシリアが、何かの絵のような美顔を艶やかにほほ笑ませてキャシアスを誘う。身を起こし、セシリアの髪を撫でた男に、キャシアスの背後から、ふわりと、ビアンカの裸体が襲いかかった。

「あは……、——だぁめ……。次は、あたし…………」

「ははっ……、そうだね、ビアンカ——」

「今度は、あ……、あたしのこと、いっぱいいっぱい、いじめていいの…………」

背に、ビアンカの滑らかな肌と形のいい乳房の重さを感じ——キャシアスは振り返り、そこにあった赤い瞳と、唇に口付けする。ビアンカの手は、煙のように流れて男の下腹を撫で、頭を垂れていた男根を愛おしそうに指で包む。

「これで……、あたしのこと、おなかいっぱいに……、して、ね……」

「ああ。じゃあ——、……また、ビアンカが元気にしてくれるかい？」

男の声にビアンカは、赤い花がほころぶような笑みを浮かべ——淫らに開いた唇の奥で、ちろっと、真っ赤な舌と白い小さな歯を見せる。

「うん……、あたし——お口でするの、だいすき……。いっぱい、してあげるね……」

ビアンカが、キャシアスの首に小さく歯を立てて愛撫し——身を、ゆっくりと沈めた。

＊

短い眠りから目覚め——男は————ゆっくりと、身を起こした。

「——……………」

キャシアスは、ベッドから身を起こし、膝が痛く感じるほどに脱力してしまった脚で立ち上がろうと試みた。

数度、膝を曲げ、度重なる射精で弱ってしまった脚に血を送り——ようやく、いつもの力を取り戻した両の脚で、彼はベッドから離れる。

既に燃え尽きてしまった燭台の灯《ひ》の代わりに、明るさを増したような月の明かりが部屋を照らし、立ち上がった彼の裸体を、何かの彫刻のように浮かび上がらせた。

少し用心しながら、キャシアスは歩き、そして——一瞬、服を探してしまってから、自分の愚を悟って小さくほほ笑む。懐中時計も、外の泉水で脱ぎ捨てた服の中だった。

だが――時計を見なくとも、解っていた。

時が――移ろい、ひとつの時が終わり、別の時間が始まっていた。

彼に与えられていた、愛のための時間が終わり――そして別の時間が――ヴェネツィア共和国の貴族として、軍人として、東方の戦場に戻る時が来たと、キャシアスには解っていた。

もうすぐ訪れるだろう、夜明けには――彼は、この別荘を離れてヴェネツィアに向かい、そして数日のうちには再び、帝国との国境である東方の戦場に旅立っているはずだった。

キャシアスは、自分に許されていた時間を、自分の望むとおりに過ごせたことを神に感謝し、そして――愛おしさに満ちた、だが寂しげな目を、後にしたベッドへと向けた。

そこには――。

白いシーツの波の中で漂う、妖精か美神のような美しい裸体が三つ、月明かりに浮かび上がっていた。子供のように眠り、淫魔《いんま》のように淫らな肢体を投げ出して眠る、ビアンカとセシリアと、ミア――彼の愛する女性たちの姿を、キャシアスは、今はただ愛おしさだけが満ちた瞳で見つめ、そして、寂しそうに目を閉じ――彼女たちに背を向けた。

彼が、みんなを起こさないよう静かに歩き出そうとしたときだった。

「――……キャシアス…………」

静かな、微風が絹を揺らしたようなささやきが、キャシアスの足を止めた。

振り返り、そして――数歩、褥《しとね》のほうへと歩み寄った彼は、

「――ごめん……、起こしちゃったかい――、……セシリア」

薄闇の中で、彼を見つめる菫色の瞳を見つけ――キャシアスは少し困ったような笑みを浮かべた。ビアンカと、ミアの、昏睡《こんすい》した悩ましい裸体のあいだで、彼の妻は――、

「……もう、行っちゃうの……………?」

セシリアは、ほかの二人と同じように、何度もキャシアスに抱かれ、貫かれて精を受けた裸身を悩ましく投げ出したまま、まだ夢の中にいるかのような声で、ささやく。

キャシアスの脳に焼き付くような、艶やかな裸体をなげだしたまま――彼の精と、絡み合った全員の唾液や愛液で汚れた、だが、他の何よりも美しく愛おしい女と見つめ合ったまま、キャシアスはにっこりとほほ笑み――答えた。

「……うん――、ごめん。君たちを起こしたくなかったんだけど……。

本当は――君たちにお別れが言うのが辛かったんだろうな、僕は。ははっ……」

男の自嘲《じちょう》に、セシリアは、産まれたばかりの息子に見せるのと同じやさしい瞳を向け、

「この子たちには……、わたしから、言っておくわ。だから――平気、よ………」

セシリアの言葉に、キャシアスは頷き、そして――ビアンカとミアを起こさないよう、

静かにベッドに近づき、セシリアの顔を見下ろす。

「――…………」

しばらく――言葉もなく見つめ合っていた男と、女。

月が動いたのが解るほどそうしていた二人のあいだで、セシリアが、くすっと笑った。

「……？　どうしたの……？」

「……うん、――あのね………。

わたし………、妊娠、したわ……。わかるの。今、あなたの子供ができた、って……」

「……!!　えっ……、ほんとうかい……!?」

「……うん……、今、ね………、あなたのくれた子が、お腹にいるわ………。

あの子のときもそうだったけど……、わかるの。ほんとうよ………？」

「は、はは………！　嘘《うそ》だなんて思うもんか。すごく、嬉しいよ……！

――ありがとう、セシリア………！　嬉しい、すごく――嬉しいよ」

男は、子供のように目を輝かせ、セシリアに短いキスをすると――また、彼女の瞳と見つめ合い、そしてセシリアの滑らかな腹にそうっと手を当てた。

「あは………、――今度は、女の子かな………」

「どうかな。どちらでも――嬉しいよ。すごく――――」

キャシアスは、目を閉じ――、

ともすれば、旅立ちの迷いにもなりかねないこの歓喜を胸の奥に飲み込んで、そして、またゆっくりと立ち上がった。その彼に、セシリアが静かに――小さく、ささやく。

「……今度は――いつ、帰ってこられるの…………？ ね…………、戦争、は……、いつまで…………。あなた、危なくないの…………？」

実際――その問いには、答えがなかった。

六年目に突入した帝国との戦争は、西欧にとっても、帝国にとっても、最終的な局面を迎えようとしていた。ウィーンの城壁が崩されるか否かで、西欧世界の命運は決まる――だが、いつ戦争が終わるのかよりも――彼が、キャシアスが戦争を生き延び、無事に祖国へ、愛する女たちの元へ戻ることが出来るかのほうが――彼にとっては、うかがい知ることの出来ない、全く見えない未来だった。

だが、キャシアスは――――答えた。

「ごめん。いつ、って約束はまだ出来ないけど…………、でも――きっと、僕は帰ってくるよ。セシリア、君とみんなと――息子のところに」

男の言葉に――、

「うん…………」

その奥に隠された不可知の闇を悟ったのか――セシリアが瞳を閉じ、手で目を覆い――そして、瞳を塞いだまま、彼女は言った。

「……ごめんなさい…………、――ちょっと、だけ………」

「セシリア……」

男が、無為に終わるだろう慰めの言葉を探しているときだった。

セシリアの手が、はらりと落ち――そこから、あの――――、

「……ごめんなさい………」

サファイアが溶けたような、涙をためた美しい瞳が、開いた。

寂しげだが、しかし、キャシアスが彼女の美しさ以上に愛した、彼女の強さを映した瞳が、彼を真っ直ぐ見つめ――ほほ笑みと、愛おしさを男に送りながら、またたく。

「……手紙、送るわ………、ビアンカと、ミアと……、フローラと、書くわ」

「――……ああ。ありがとう……」

「ね……、この子が産まれたら――知らせるから、また名前を付けてね………」

「もちろん。……それと、セシリア――ひとつ、約束……、したいんだ」

「……え、っ……？　なあに……？」

男は、ずっと前から――ヴェネツィアを出たときから心に決めていた、だが、未だ口に出来ずにいた言葉を、ようやく口にすることが出来た。

「……戦争が終わったら――――セシリア、君と、正式に結婚したいんだ」

「……えっ……!?　え………、――……あ、あ………！」

「ごめん……、いろいろ、順番が逆になっちゃったけど――。ようやく、元老院と父を説得できたんだ。だから、セシリア――僕と………」

「……うん……!! 待ってる、ずっと、待ってるわ………!!」

キャシアスは、再びセシリアに身と、顔を寄せ、小さく口付けし――最後に、指でその唇を撫で、そうして彼女から離れる。

キャシアスは――目を閉じ、そして開き――少年のような笑みを見せ、言った。

「――じゃあ………、行って、くるよ」

セシリアは、その言葉に瞳を細め、涙を一滴、溢れさせ――ほほ笑む。

「……行ってらっしゃい…………、あなた…………」

男が、キャシアスが行ってしまうと――、

「――…………」

セシリアはシーツに顔を埋め、泣いた。

――いつまでも、泣いていた。

SOME OF THESE DAYS

——1626年　ヴェネツィア共和国　ある小さな教会にて

END.

あとがき

『奴隷市場Renaissance』のノベルを読んでくださったみなさん、ありがとうございます。……と、前作『奴隷市場』のあとがきと同じ書き出しでお礼を申し上げつつ、私はこれで二度目になる「あとがき」を書かせていただいております。

そして実は、今回も……私の遅筆のせいで原稿の完成が遅れてしまいました。またもやご迷惑をおかけしてしまった編集部の皆様や関係者各位様、そして今回は挿絵の描き下ろしを引き受けて下さった、原画担当の由良さん、そして——お待たせしてしまった奴隷市場ファンのみなさん、本当に申し訳ありませんでした。

今回のノベルは、ゲーム本編の後日談という形でまとめさせていただきました。これで、ジャラルディという本編で最も書くのに苦労したキャラクターのその後を、そして三人のヒロインたちの物語を「ある一つの流れ」の中で締めくくることが出来ました。

この執筆の機会を与えて下さった方々、そして奴隷市場という作品を応援して下さっているみなさんに、あらためてお礼を申し上げさせていただきます。

そして私は……、傭兵団「火吹き龍」のクレタ島戦役や、フローラの冒険と結婚など、いつか書いてみたい「その後」を妄想しながら、次回作『奴隷市場2（仮）』の作業を進めています。また、こうやってみなさんに読んで頂けることを夢想しながら——。

二〇〇二年　四月　　菅沼恭司

奴隷市場 ルネッサンス

2002年 5月15日 初版第1刷発行

著　者　菅沼 恭司
原　作　rúf
イラスト　由良

発行人　久保田 裕
発行所　株式会社パラダイム
〒166-0011東京都杉並区梅里2-40-19
ワールドビル202
TEL03-5306-6921 FAX03-5306-6923

装　丁　妹尾 みのり
印　刷　図書印刷株式会社

乱丁・落丁はお取り替えいたします。
定価はカバーに表示してあります。

既刊ラインナップ

定価 各860円+税

1 悪夢～青い果実の散花～
2 脅迫
3 痕～きずあと～
4 慾～むさぼり～
5 黒の断章
6 淫従の堕天使
7 Esの方程式
8 歪み
9 悪夢 第二章
10 瑠璃色の雪
11 官能教習
12 復讐
13 淫Days
14 お兄ちゃんへ
15 緊縛の館
16 密猟区
17 淫内感染
18 月光獣
19 告白
20 Xchange
21 虜2
22 飼
23 迷子の気持ち
24 ナチュラル～身も心も～
25 放課後はフィアンセ
26 骸～メスを狙う顎～
27 朧月都市
28 Shift!
29 いまじねぃしょんLOVE
30 ナチュラル～アナザーストーリー～
31 キミにSteady
32 ディヴァイデッド
33 紅い瞳のセラフ
34 MIND
35 錬金術の娘

36 凌辱～好きですか?～
37 My dearアレながおじさん
38 狂＊師～ねらわれた制服～
39 UP!
40 魔薬
41 臨界点
42 絶望～青い果実の散花～
43 美しき獲物たちの学園 明日菜編
44 淫内感染～真夜中のナースコール～
45 My Girl
46 面会謝絶
47 偽善
48 美しき獲物たちの学園 由利香編
49 せ・ん・せ・い
50 sonnet～心かさねて～
51 リトルMyメイド
52 flowers～ココロノハナ～
53 サナトリウム
54 はるあきふゆにないじかん
55 プレシャスLOVE
56 ときめきCheck in!
57 散櫻～禁断の血族～
58 Kanon～雪の少女～
59 セデュース～誘惑～
60 RISE
61 虚像庭園～少女の散る場所～
62 終末の過ごし方
63 略奪～緊縛の館 完結編～
64 Touch me～恋のおくすり～
65 淫内感染2
66 加奈～いもうと～
67 PILE・DRIVER
68 Lipstick Adv.EX
69 Fresh!
70 脅迫～終わらない明日～

71 うつせみ
72 Xchange2
73 M.E.M.～汚された純潔～
74 Fu・shi・da・ra
75 絶望～第二章～
76 Kanon～笑顔の向こう側に～
77 ツグナヒ
78 ねがい
79 アルバムの中の微笑み
80 ハーレムレーサー
81 絶望～第三章～
82 淫内感染2～鳴り止まぬナースコール～
83 螺旋回廊
84 Kanon～少女の檻～
85 夜勤病棟
86 使用済～CONDOM～
87 真・瑠璃色の雪～ふりむけば隣に～
88 Treating 2U
89 尽くしてあげちゃう
90 Kanon～the fox and the grapes～
91 もう好きにしてください
92 同心～三姉妹のエチュード～
93 あめいろの季節
94 Kanon～日溜まりの街～
95 贖罪の教室
96 ナチュラル2 DUO 兄さまのそばに
97 帝都のユリ
98 Aries
99 Love Mate～恋のリハーサル～
100 恋ごころ
101 プリンセスメモリー
102 ぺろぺろCandy2 Lovely Angels
103 夜勤病棟～堕天使たちの集中治療～
104 尽くしてあげちゃう2
105 悪戯Ⅲ

最新情報はホームページで！　http://www.parabook.co.jp

106 使用中～W.C.～ 原作：ギルティ 著：萬屋MACH
107 せ・ん・せ・い2 原作：ディーオー 著：花園らん
108 ナチュラル2DUO お兄ちゃんとの絆 原作：フェアリーテール 著：清水マリコ
109 特別授業 原作：BISHOP 著：深町薫
110 Bible Black 原作：アクティブ 著：雑賀匡
111 星空ぷらねっと 原作：ディーオー 著：島津出水
112 銀色 原作：ねこねこソフト 著：高橋恒星
113 奴隷市場 原作：ruf 著：菅沼恭司
114 淫内感染～午前3時の手術室～ 原作：ジックス 著：平手すなお
115 懲らしめ 狂育的指導 原作：ブルーゲイル 著：雑賀匡
116 傀儡の教室 原作：ruf 著：英いつき
117 インファンタリア 原作：サーカス 著：村上早紀
118 夜勤病棟～特別盤 裏カルテ閲覧～ 原作：ミンク 著：高橋恒星
119 姉妹妻 原作：13cm 著：雑賀匡
120 ナチュラルZero＋ 原作：フェアリーテール 著：清水マリコ
121 看護しちゃうぞ 原作：トラヴュランス 著：雑賀匡

122 みずいろ 原作：ねこねこソフト 著：高橋恒星
123 椿色のプリジオーネ 原作：ミンク 著：前薗はるか
124 恋愛CHU！彼女の秘密はオトコのコ？ 原作：SAGAPLANETS 著：TAMAMI
125 エッチなバニーさんは嫌い？ 原作：ジックス 著：竹内けん
126 もみじ「ワタシ…人形じゃありません…」 原作：ルネ 著：雑賀匡
127 注射器2 原作：アーヴォリオ 著：島津出水
128 恋愛CHU！ヒミツの恋愛しませんか？ 原作：SAGAPLANETS 著：TAMAMI
129 悪戯王 原作：インターハート 著：平手すなお
130 水夏～SUIKA～ 原作：サーカス 著：雑賀匡
131 ランジエリーズ 原作：ミンク 著：三田村半月
132 贖罪の教室BADEND 原作：ruf 著：結字糸
133 -スガタ- 原作：May-Be SOFT 著：布施はるか
134 Chain 失われた足跡 原作：ジックス 著：桐島幸平
135 君が望む永遠 上巻 原作：アージュ 著：清水マリコ
136 学園～恥辱の図式～ 原作：BISHOP 著：三田村半月
137 蒐集者～コレクター～ 原作：ミンク 著：雑賀匡

138 とってもフェロモン 原作：トラヴュランス 著：村上早紀
139 SPOT LIGHT 原作：ブルーゲイル 著：日輪哲也
141 君が望む永遠 下巻 原作：アージュ 著：清水マリコ
142 家族計画 原作：ディーオー 著：前薗はるか
143 魔女狩りの夜に 原作：アイル 著：南雲恵介
144 憑き 原作：ジックス 著：布施はるか
145 螺旋回廊2 原作：ruf 著：日輪哲也
146 月陽炎 原作：すたじおみりす 著：雑賀匡
147 このはちゃれんじ！ 原作：ルージュ 著：三田村半月
149 新体操(仮) 原作：ぱんだはうす 著：雑賀匡
150 Piaキャロットへようこそ!!3 上巻 原作：エフアンドシー 著：ましらあさみ
151 new～メイドさんの学校～ 原作：SUCCUBUS 著：七海友香
152 はじめてのおるすばん 原作：ZERO 著：南雲恵介

好評発売中！

〈パラダイムノベルス新刊予定〉

☆話題の作品がぞくぞく登場！

153. Beside ～幸せはかたわらに～

F&C・FC03　原作
村上早紀　著

ひとつ屋根の下で過ごしてきた静瑠。姉であり初恋の相手でもある彼女に思いを告白した太平だが、返事は曖昧な微笑だった。月日が流れ、太平と再会した彼女は女優を目指していた！

154. Princess Knights 上巻

ミンク　原作
前薗はるか　著

亡国の王子ランディスは、敵国兵から逃れ辺境の地に身を隠していた。しかし敵の手がクレアにのびたとき、竜の血が目覚める!!　仲間となる少女を探し、彼は大陸に平和を取り戻せるのか!?